大地的声音

晓 弦———著

经济日报出版社

图书在版编目（CIP）数据

大地的声音 / 晓弦著. -- 北京：经济日报出版社，2022.10
ISBN 978-7-5196-1241-2

Ⅰ. ①大… Ⅱ. ①晓… Ⅲ. ①散文集-中国-当代
Ⅳ. ①I267

中国版本图书馆 CIP 数据核字(2022)第 248820 号

大地的声音

作　　者	晓　弦
责任编辑	孙　榧
责任校对	蒋　佳
出版发行	经济日报出版社
地　　址	北京市西城区白纸坊东街 2 号（邮政编码:100054）
电　　话	010-63567684（总编室）
	010-63584556　63567691（财经编辑部）
	010-63567687（企业与企业家史编辑部）
	010-63567683（经济与管理学术编辑部）
	010-63538621　63567692（发行部）
网　　址	www.edpbook.com.cn
E－mail	edpbook@126.com
经　　销	全国新华书店
印　　刷	成都兴怡包装装潢有限公司
开　　本	880mm×1230mm　1/32
印　　张	8.125
字　　数	170 千字
版　　次	2023 年 3 月第 1 版
印　　次	2023 年 3 月第 1 次印刷
书　　号	ISBN 978-7-5196-1241-2
定　　价	58.00 元

目录
CONTENTS

第四辑 / 收尾的人

银河是运河的原籍

大地的声音

运河说话了

运河说话了，像我哭瞎眼的老外婆，天一亮就念她的《地藏经》。

运河说话了，有白云般的羊儿马儿，在她怀里徜徉，有一座座拱桥一弯弯长虹，搂紧她有些颤抖的小蛮腰……

运河说话了，有一条条龙舟划呀划，有一只只踏白船摇啊摇，有我河伯样英俊的小舅，在桃花渡口为生产队罱泥，冷不防被汹涌的波浪吞入她的欲壑；

运河说话了，是替两岸的夹竹桃和灌木丛在说，是替运河公园的学绣塔铃在说；

也替我永远定格在 18 岁的小舅在说。

银河是运河的原籍

天方地圆。天上银河里的星星，对应地上运河里那些银鱼。

星星最爱点灯，不时星火燎原。银鱼喜欢点水，也常穿梭樯帆影幢。

银河流传织女牛郎的传说，运河流淌西施范蠡的传奇。

织女心灵手巧貌美似仙，西施出水芙蓉沉鱼落雁。

牛郎的门楣，贴女织男耕的门联。范蠡的屋前，挑吴越争霸的旗帜。

一个理想是一棵桂花树，桑麻满圃。

一个愿景为一柄吴越剑，卧薪尝胆。

喜鹊在银河一回回架桥。长虹在运河一次次卧波。

银河，有一颗接一颗流星划过。运河，有一条接一条白鱼闪过。

母亲的月亮在银河沐浴。父亲的太阳在运河燃烧。

通往银河的路渐次打开，每一条都葵花般温暖可亲，仿佛天堂被大地照亮，被人间供奉。

吞吐的运河

像一条巨鲸，不停地吞吐，吞一些不该吞的人，吐一些不该吐的骨头。

包括一些村落和街市，但吐出的，是三塔、牌坊、酒旗，以及城郭那嵯峨之倒影。

也吞驳船的残骸，也吞吃水很重的煤炭、陶瓷或谷粮。

吞我为生产队为积肥去罱泥的三舅。他把一支琵琶橹塞给他人……

也吞子胥的宝剑和端午的粽子；

也吞项羽的长叹，这别姬的霸王。

雨意丰沛时，提督般提起沉重的淮安闸，让纷涌的诗意，乘上皇气十足的画舫南下，寻访菱花深处难抑羞涩的船娘。

运河是个哑巴诗人

作为泱泱诗国，你有别于滔滔的长江和咆哮不息的黄河，你是真正的哑巴诗人。

那些赶考、赴任，或者被贬流落乡间的，都爱躺在你肚子上打腹稿，倾听盘踞在你心里的欸乃声，汲一些前朝的书卷气；

而乾隆每次下江南，像个性急的接生婆，从你布满妊娠纹的腹中，掏几首月牙样的画舫有关的诗。

那些煤炭、大米和陶瓷，那些秦汉的刀斧、吴越的剑戈，都是你这个哑巴诗人心里漾动的春意。从北京通州到浙江钱塘，你用"哗哗"的诗意，打通大半个国家的血脉。

长袖善舞的你，将怀乡的月光搁在姑苏城外，引来寒山寺夜半的钟声。有那么一刻，你不求来世只求今生，像一条腾云驾雾的龙，接引一场酣畅淋漓的春雨。

运河的爱情

运河是个爱美的女人，她有鸡头米一样紫色的爱情。

那些芦苇、莲藕、龙舟、画舫和浪里白条的银鱼，是她放养的孩子。

运河是个心胸怀宽广的女人，承载起乾隆六下江南的豪迈，承载京砖、陶瓷、煤炭、粮食和丝绸的漕运。

运河终究是个爱美的女人，每次出行，总喜欢扯长虹桥和拱墅桥做围脖，喜欢将爱的恣意，交给两岸荡漾的风情……那羞涩的菱花，是她难抑的表情。

运河是隋炀帝的女人，也是我的女人。当我的画舫在仁庄旁的运河悠游，立马就有半个皇帝的感觉，并且，开始进入运河欲迎还休的爱情。

姜的回忆

江南。稀有的贡品。

这般辛辣，丑陋的模样，却摆上了皇家的台面。

从江南至京城，需要不少时日，需不断甩动运河里的桨。

而我，一日三餐吃到的盐渍过的六月出产的嫩姜，竟吃出不同寻常的味道；

有烈日下正在开掘姜沟的父亲脊背上的太阳的味道，有母亲送午饭汗滴禾下土的泥腥味；

还有家徒四壁的四爷，偷了队里几根瘪蔫蔫枯黄姜杆的味道，那股辛辣刺鼻的味道，一下子接通我酸胀彻寒的心灵。

让我愧疚、自责，让我在痛心疾首中，抵达灵魂湛蓝的彼岸。

仁庄纪事

天鹅湖的渔火是我的；

游弋在水稻田的月亮是我的；

民居墙上大红大绿的农民画和上面闪烁的诗句，是我的；

诗人们大快朵颐的微醺和比田歌还悠长的吟哦，是我的；

湖塘边下榻的"清若空"别墅群，是仁庄的。

游人初来乍到，流水样抓住蓝天白云的贪婪，是仁庄的；

森严的"三省堂"和爱民若己的清代廉吏高以永，是仁庄的；

韩愈与刘禹锡共同商议的"非阁复非船，可居兼可过"的方桥，是仁庄的；

站在仁庄桥，诗人们从清浅的水流中认出行书的"仁"，是仁庄的。

口红的小太阳

　　这位节假返家的女大学生，风尘仆仆地绑定时间之轴，决计不分昼夜转上两天。

　　当她路过社区志愿者站，顺手取出白纸巾，写下加入抗疫突击队的申请，并用口红在名字上，摁下一枚鲜嫩的小太阳。

　　黄昏来电，是驰援外地的爸爸要她回家，好好照顾当护士长的连日辛劳的妈妈。

　　妈妈也在核酸检测现场突击呀！女孩嗫嚅着告诉爸爸：穿白色防护服的妈妈，可是春天最美的玉兰花。

　　"我也要增援成突击队员"，女孩提高嗓门说："我也要做爸爸妈妈一样美丽的玉兰花……"

线上作业

傍晚，绛蓝色的鸽鸣，在天空网似地撒开。

这，惊到了在田字格写作业的女孩。

透过窗户，一群鸽子在天空变魔术——没用绿手帕、泡泡糖等道具，却从"人"变到"从"，再到"众"，再回到"人"。

往日变的是数字"1""0""8"；女孩想：它们今天上过线上语文课了？看天空碧如洗，你们的爸妈也去做"大白"了吧？

你们居然把字在天空写得这么好，都是优等生，都可以奖5朵小红花，赶在黄昏来临，都乖乖地完成老师布置的作业。

蹲守在河床的老井

江南，总能看见朴拙的麻石围起的土井，像村姑湿润而多情的眸子，氤氲起吴侬软语、绿肥红瘦的缱绻与阴柔。

在江南的仁庄，我撞见抽干水后在河塘低洼处沉睡的一口老井，仿佛突然间，复活了民国廿三年河港干涸、土地龟裂的记忆。

水往低处流。

这口沉潜的老井，像江南所有井的守望者，兜底于村民最后的渴望。

想象其未雨绸缪，从陆岸毅然移居至荷塘的深处。

齐齐挨挨的瓦片垒成螺旋形的井壁，像一部天书，为岁月之苔藓涵养。

像一截尚未破土的竹节，但依然令人领略到竹影婆娑的清韵。

又像是，扎在时间深处的一根不设防的倒刺……

春夜，赶一场乡村音乐会

偌大的田畈。电声流行乐和摇滚乐，在黄昏的月色里开枝散叶。舞台中央，耸着一个硕大的燃着光焰的水晶球。

村民们积攒一个冬季的荷尔蒙，即刻被调动起来。

此刻，他们像勤勉的工蜂，在七彩光影里采蜜；呼吸，一张一弛；神情，一紧一松。右摇右摆的手臂，成为音乐迷人的延长线。

劲爆的舞台中央，歌者豹似地左冲右突，指挥不远处排浪似的金灿灿的油菜花，擂响一阵又一阵爱的闪电。

当他唱完《月光舞者》，猛抬头，月亮的追光灯，已变作黄澄澄的花蜜。

爱的另一种蝉蜕

人生百年，日居其半，或堂或庇，而寝间所处，唯有一床。

踏入乌镇架子床馆，我看见五花八门的床，有拨步千工床、花罩雕花床、麒麟逗凤床、天长地久双喜床、云石三屏罗汉床和龙凤呈祥姊妹床……繁复的雕花，精致的绘画，可谓张张显雕技，面面有匠心，既显贵胄的奢华，也有庶民的俭朴，尽现花好月圆之美景。

这匠心美意，在幽暗的铜镜里闪烁，仿佛凝固了的欲迎还休的娇喘。

仿佛看见，手执苏绣的温婉女子，偎依在雕着百鸟朝凤的贵妃床上，目光撞见被雕得栩栩如生的江南才子，一汪柔水的悸动旋即滑入心田。

我想说，这些被时光反复淘洗的架子床，是爱情羽化后的精美的蝉蜕。

剁洋葱的老母亲

春天的一个早晨，母亲边收听"之江新闻"，边进厨房做早餐。

母亲是用心的。她从冰箱取出鸡蛋，对砧板上这枚红似心脏的洋葱，发怔。

当听到"新冠"破万时，她把洋葱连同自己的手指，剁出了血。

"不是不小心"，母亲羞红着脸，自言自语。

其实，母亲是村子里最好的厨师！

运河左岸

水有其所，波有其根，穿过幽径，运河有自己的后花园，有疑似银河落九天的神泉。

他喜欢投壶，品酒，填词，把月亮认作洋河里的美狐。

"绿，是最深的迷宫"，他喜欢芦花样的意境。当我说到虞姬，便有一束蓝光，从运河水面飞起，去接引芦苇荡那只迷途的鹧鸪。

因了这束光的照耀，在河滩打盹的鹌鹑、白鹭和野鹅，不约而同地觅到梦的碎片，连睡莲也忍不住泄露前世的风信。

一千年前，一万年前，被岁月渐次抬高的河滩，渐次长出成片野高粱和野山楂，长出京砖与酒坊，而游鱼得味成龙，飞鸟闻香成凤。

提灯的人

——写给徐霞客

你是自带光芒的提灯者，或者本身是一颗明亮的彗星，映亮大半个中国的天空。

你是有奇癖的行者，有与生俱来又不愿治愈的顽疾。几乎每天，你都有披荆斩棘的奔波和无怨无悔的探寻，仿佛你与各种地貌地质、名山大川过不去！

你是一部古老而时尚的《游经注》，你的身体是一幅精湛的旅游图，胸膛有着高原起伏和山脉的逶迤，内心始终喧响着长江的奔腾与黄江的咆哮。

借22日生日的烛光，母亲为你祈祷和祈福。然后，你戴上"远游冠"，义无反顾地上路。

你是把自己发射了出去，一场奇特的"极地号"的发射！

你把一颗雄心当作燃料，把两只芒鞋作为最重要的装备，外加一个记录的本子，那是你全部的家当。

你智山智水，风餐露宿；

你乐山乐水，跋山涉水。

左肩，你挑着雨雪风霜；右肩，你挑着闪电雷鸣。你像脚踏风火轮的哪吒，漫游在山山水水之间。无论是露宿街头，还是身栖庙堂，你都会在疲倦中记录山的陡峭、水的漶漫。

你身体力行，成为雪山草地真正的狼图腾，或是大江大河英雄的雪浪花……

你有恢宏心空，收纳大千世界的山清水秀；

你长火眼金睛，探寻尘封万年的洞奇石怪。

你气沉丹田，吐纳黄果树瀑布般的浩气。面对叠嶂的峰峦和汹涌的江河，你是一位高明而别样的中医师，用稔熟的动作为它们拔罐，用纯粹的汉字为它们推拿，用冒险的激情为它们针灸……

读你留下的游记，蓦然发现，大半个中国的山水，因你气血通畅，红光满面……

你达人未所达，用毕生心血打通中国旅游之经络；你更像一位童颜鹤发的仙人，为后来者提灯。

读岱山地图

读岱山县地图，必须在东海里沐浴，在朝霞中净身，必须让目光穿过普陀的梵音，心无旁骛地投射到被海水抱紧的蓝天白云间。

我读岱山地图，在一片宝石般的蔚蓝里。无论从哪个角度看，她都是一条蜿蜒的巨龙的象形，一条从东海的浩瀚里奋力游来的中国龙。她上方，泊着一片绿色祥云。

高昂的龙头，像一颗蓬勃跳动的初心；而龙身，带着魔幻主义色彩。

而此刻，她从东方日出恢宏的背景里，在大海翻滚的波涛里，疾速地游来。

如果你撞见她，眼底就会喷涌无穷的惊喜，就会发现，她是妈祖化身的悠游的天蚕。

你必定还会发现，她的身后，斑驳着一条为晚霞镀亮的英雄的航迹。

她带来的风景，叫蓬莱美景——蒲门晓日、石壁残照、燕窝石笋、双龙戏珠、观音驾雾、竹屿怒涛、白峰积雪。

她口吐莲花，吐闪光的明珠——高亭镇、东沙镇、岱西镇、长涂镇、衢山镇、岱东镇。

　　就是这样一条披着海洋风的神奇的巨龙，把日出东方那崭新的喜悦，带给辽阔丰饶的黄金般的东海湾。

活着的盐

他们都在找盐。

在白云阁，我指向东海的苍茫。

我不是导游，但我的指向，禅定在远方，那一直活着的
白塔山。

那是大海捧出的、最好的、活着的盐……

南北湖

是一只蝴蝶的真身……

登真于山河，

得道于湖海。

像 20 世纪 80 年代的步鑫生，掀起中国改革的滔天巨浪。

泄露秘密的，是白塔山上的一双日月，

它们正携手并升。

仁慈的一千零一个理由

在《步鑫生纪念馆》。

只有 42 千克的步鑫生先生，你让我窥见一只蛹，破茧化蝶。

立地终于成佛！

面对被某百货大厦退货的一批衬衣，你咆哮如狮，把攥紧的拳头狠狠砸向一件上面有个牛眼样的洞的衬衣！

你砸我的"唐人牌"，我就砸掉你的铁饭碗！

在雪水港村廉政馆

　　在雪水港村廉政馆，我听年轻的镇纪委书记清朗的讲解：

　　通元镇奖罚分明，只要你做得足够好，就会得到一枚玛瑙似的红太阳；

　　相反，就必定会赏你一个"月全食"。

　　陪同的村支书补充道，那是他的良心给天狗吃掉了。

在鹰巢顶，观澜日月并升

单有太阳，肯定不够，

不然，为何要月亮鼎力相助？

有了月亮，也不够，

不然，为啥还要采撷满天星斗？

有了月亮和满天星斗，

也还是远远不够的，还需策马，并且

不时甩动，金鞭似的千重浪！

雪水港

进了村，才知道雪水港横穿整个村庄，更像是，一片山峦养着一条白龙。

白墙黛瓦的村廉馆，像是雪水港捧出的一掬雪花。

村长说，雪水港像个胸怀坦荡的女人，用眼眸的澄澈濯洗月亮，也用目光的深邃燃烧太阳……

就是雪水港，她以雪松的品格，谱写春华秋实；

洪水汹涌时，她以博大的胸怀，让滔天的欲望得到平抑；

旱情肆虐时，她以母亲的柔情，让龟裂的良田勃发生机。

甚至村庄的繁荣，也是雪水港捧出的花团锦簇。

就是雪水港，让村庄在风景中长出美景。就如天象混沌时的南湖，放飞开天辟地的红色画舫。

哦，雪水港，你是千古长青的名词，也是光芒时尚的动词，教人中流击水，教人自省、自警和自励。教人铭记，水可载舟，亦可覆舟。

泛舟雪水港，脑子里轰鸣着那句"先天下之忧而忧，后天下之乐而乐"。

东海的一场微服私访

蓦然发现，南北湖是架神奇的天平，

称过黄源，称过三毛，称过只有 40 来千克的步鑫生，

和由他掀起的，中国企业改革的千重浪；

也称过金九住过数月的载青别墅，称过筑在山腰的云岫庵，和远方的日月并升。

当采风的诗人们，顶着六月荷行走于湖中长堤，伸展手臂作平衡状，此刻的南北湖，更像是东海龙王爷定格千年的那场微服私访；

伴他左右的，是无数净如佛光的睡莲。

在鱼鳞塘，面朝钱塘江

　　那晚，随诗人李不嫁赴星夜的鱼鳞塘，听夏日钱塘江的多情的喘息。

　　此刻的钱塘江，正裹挟起亿万吨潮声的喧响，搓揉着我们袒露的胸背。

　　从来没有这般奢华过，抹半个肉身，竟然枉费整条钱塘江。

盐，还是盐

只有盐，逡巡在我们血脉的最深处，朴素似铁，纪律严明。

远离奢侈和繁华。

只有盐，法槌样打通我们的血脉，如通灵的宝玉，里面住着清风与明月。

只有盐，可以成为于谦的《石灰吟》，也可化作咬紧大山的雪松。

一个晶莹的汉字，被煮了千年，又千年；

风骨越来越硬朗，并且，铮铮作响。

海 盐

记忆中的海盐，是干宝，是南北湖；

是万亩棉花，和土得掉渣的东头布。

后来的海盐，是秦山核电站，是步鑫生，和被打上霞光的

唐人牌或春燕牌衬衫。

现在的海盐啊，是丰义村万人音乐会，那场历经多个回环后

的高潮；

当她越过鲜花盛开的农家别墅群，触摸到的，是云霄上的七

彩排浪……

备注：**"东头布"** 是嘉兴人对当地土织布的俗称。

钱江也有被套的时刻

在海盐，我看见一棵神奇的树，起初长棉铃，长橘子，长裹挟火焰的滚灯，长荆山里的"丰山溢水"，长海盐腔的南北湖，长秦山，或载青别墅；

或者长张元济、黄源和余华……

她独立钱江北岸。

根基秦山一般深，手臂鱼鳞塘一样长；

日出东方时，她像一个套圈的仙人，用彩虹般的跨海大桥，一回回套住钱江汹涌的潮头。

在海港摸象

那高大威猛的龙门大吊，仿佛是从远方跋涉而至的大象；

那探向大海深处的栈桥，仿佛是大象那一只通灵的长鼻。

在纷披波涛旗语的大海，那绿色桅杆的丛林，那影影绰绰的岛屿，那魔幻般的海市蜃楼，构成一个气象万千的大象王国。

我闻到热带丛林里的太阳味了！

采风的诗人，有人摸到大象的耳朵，有人摸到了大象的腿，有人摸到大象的一个鼻子——

短促的笛声里，闪出一只只沉重而轻盈的集装箱，仿佛，这是大海丰厚的馈赠。

这些来海港拥抱日出的诗人们，像极了海滩上那些口吐泡沫的小螃蟹。

面对一座空山

我记得，就在胥山北侧的山麓，我们曾经讨论过海拔。

那句话，卡在槭树的鹊巢上，偶然想起时，我的胡子已然花白。

在你我之间，有一个巨大的半径，没有丈量，或者衡量。你说逝去的岁月，就像眼前这座空山，那是因为你没找到可以举步的路径。

是的，这座被采石者挖走的山峦，已经成为长三角腹地一只锈迹斑斑的怀表。

就像眼前的踏访者，看见的，是一池漂满天空幻影的铜绿……只因我们不在一面表盘。

云瑞花事

云来，云走；云驻，云游。

那是齐天大圣在大云镇的爱情里遣词造句……

想拦，都拦不住；

想躲，却难躲开。

本来，我也能生出三头六臂，也能调动血缘相近的象形文字，也能撺掇影影绰绰的情感之云朵。但后来，我竟然屈从于一朵云的美艳，心甘情愿地成了她的俘虏。

我从"云管家"漫游至七彩斑斓的"云超市"，在"云社区"聆听镇长娓娓道来的"云访谈"。

是的，我遇见会七十二变的美猴王，看它不停地左腾右挪，看它从脖子上拔出一撮毛，用嘴一吹，变幻出一个波谲云诡的大千世界——云汐谷、云创谷、云庐谷、云硅谷……

一个云蒸霞蔚的比水帘洞还光鲜的世界！

一个筋斗翻过花果山，美猴王拨云见日，在万道金光里，居然在挠太阳的痒痒。

一盏酥油灯

古道热肠，春风化雨。

甚至，可以这样说，这是红船精神与长征精神的一次会师！

从嘉兴南湖区，到阿坝自治州黑水县。

脚下，是一方英雄而古老的土地。当年，为让跋涉于雪地的红军抵御饥寒交迫，黑水人硬是勒紧腰带，从牙缝里挤出 700 万斤口粮。

雪山挡不住大爱的阳光，雪地阻不断前行的脚步。

想家，取出孩儿旧年的作业本；渴了，掬一捧能照出面影的雪花嚼嚼。

面对沉默的大山，你立下军令状：不破楼兰，终不还！

你悄悄告诉陪伴你晨跑的群蜂：心里的甜蜜加工厂已经开始奠基。

你回话不断"哞哞"叫着的身旁的牦牛：等待开采吧，你这丰饶的"矿藏"！

你像一位高明的医师，用心灵的听诊器，驱散徘徊牧区的愁云；你用大爱之手术刀，刈除藏民心头的病瘤；一些穷根与病根，手起刀落。

你用血浓于水的红船情，点燃一盏盏爱的酥油灯……

人间烟火

千里楠溪江……

你可把山坳里的瀑布看作永嘉纱面，也可把晾挂在马樱树上的永嘉纱面认作永嘉飞瀑；

你可把深山鸟鸣看作楠溪江的香鱼，也可把楠溪江的香鱼认作雾岚里穿针引线的鸟鸣。

那"喵喵"叫着的大花猫，定然是把晾挂在马樱树上的永嘉纱面，认作是莹光闪闪的渔网，将被网眼兜住的红月亮，认作是楠溪江的大锦鲤。

那叽叽喳喳的花喜鹊，定然是把一树树秋日的红柿子，认作是山庄喜庆的红灯笼。

而我，更愿把藏匿深山的神奇的瀑布，认作人间最具灵性的烟火……

雕刻春天的人

他在雕刻春天。举着绿色三角旗的女导游，灿灿地对我说。

准确地说，他是花卉的雕刻大师。

"这是金达莱。"他边说边亮明来路：代理过排长，退役干过辅警，开过酒吧，再用 8 年时光，潜伏于这片花海的"上甘岭"。

更多时候，需在花前月下构筑"工事"，需探到细弱而真切的花信⋯⋯

他谙熟每一种杜鹃花的习性，乐意整天被花朵细微的喘息声所淹没。

他以超人的胆识，在风起云涌的杜鹃花海，书写一名船长的豪迈！

这会儿，他从浩瀚花海捧出一盆五色杜鹃，说这是经他嫁接的站在季节前沿的"排头兵"。

浸润于花海时间越长，越会以匍匐着身姿，对杜鹃花基因里那种澎湃的殷红，生出军人般的敬畏！

拖鞋浜传奇

一只神奇的拖鞋，让水乡的慢生活露出了端倪……

不管是草编的，还是实木、皮革的；也不管是用百日红紫薇，还是夜皇后郁金香装饰的。

只知白墙黛瓦的数十户人家，黑白棋子般散落于一只状如拖鞋的河浜两侧，围成一座疏朗有致的诗意村庄；

仿佛是一个急着赶路的仙人，在雾岚里遗落的一只拖鞋；

或者，根本没遗落，只是把她当一只浅浅的盆景，栽种在水乡澄澈的云影里。

我想到了九华山天台岩上那个硕大无比的脚印。

远眺，精灵般的轻轨滑行于油菜花丛。

侧畔，有温泉度假小镇，有画舫茶室、野钓、亲子采摘和DIY插花。

白云在云澜湾湿地找到了家。蒲草摇曳出另一种柔软，水鸟泄露了小河浜世外桃源般的隐私。

那排有着地中海风情的民宿，闪射出江南现代的田园风光。

与都市后花园，与云里花事、云上农事和云影美墅零距离；

与逸云野鹤零距离。

叠彩洞之恋

那绝壁上的一丛丛白色太行花，是你的坚贞和信仰！

你把一斗水中光亮叠起来，把万善寺的钟声叠起来，把千年大山无尽的惆怅叠起来，把力拔山兮的冲天干劲叠起来。

我看见属龙的硬汉郭麦旺，在青龙峡呼啸着奔来，用长凿短铲舞龙，用火药雷管舞龙；

叫醒眠龙潭的青龙，醒龙潭的白龙；

叫醒子龙潭的黄龙，游龙潭的赤龙。

连竹林七贤，也在助威呐喊。

此刻，峡谷以飞瀑叠彩，阳光以鸟鸣叠彩，神龙在叠彩洞里悠游。

那一条如太行花的"宁可干死、累死，绝不困死"的誓言，已羽化成一条真龙，叱咤风云……

安吉白茶，是一些漂亮的江南女子

　　这些名叫玉凤、寿眉，或者叫贡眉的姑娘，接住了倾泻于春光的绿色情书，陶醉于"雾芽吸尽香龙脂"的美好爱情；

　　从那刻起，这些待字闺中的江南女子，起了山野春雨般辽阔的情思，渴望四月那明媚轻巧的手，将内心按捺不住的喜悦采摘。

　　被彩蝶妆扮，被野蜂追逐，被雨露点缀，被雾霭浸淫，终因激动而颤抖着迎来阳光雀舌般的爱抚……

　　身姿是如此的娟秀，身影是如此的通透。清浅可人的容颜，足以令世人爱怜。

　　灼热的谣曲，点亮她们的思念；

　　甘冽的泉水，最懂她们的心声。

　　而当她们踮起脚尖，舞蹈般转起身子，内心的爱情已然抵达；

　　并且，霞光般得以升华。

在余村，拙于抒情也是一种奢侈

不妨，把余村看作一个奇特的国度；

青山绿水的国度，文明共享的国度；

遍植水杉、红枫、桂花、银杏的国度，水汽氤氲、竹子招展的国度。

幸福和谐是她经典的旗语，绿色灵动是她美丽的风采！

白色的工业轰鸣声，被打上绿色休止符，白鹭与山雀成了欢乐王国里的子民。曾经的矿山遗址，生长起蓬勃的向日葵和野杜鹃。

而清亮甘冽的小溪，像是欢乐的童谣和抒情歌曲。

在余村，你一旦走上漂亮的绿道，走得快了会追上幸福，走得慢了又会被幸福追上。

即使拙于抒情，也是一种极致的奢侈！

第二辑

1976年的一枚伍分硬币

大地的声音

在潮乡，看一场关于潮的比赛

甲方是白色的海宁潮，乙方是金色的油菜花。

在潮乡海宁，在白色的海堤两旁，我看见正在比赛的甲乙双方，展开着一场马拉松似的赛跑。

都无视占鳌塔的警告，甲乙双方都将喧嚣和呐喊无限量地放大。

吸引了成群结队的白鹭和海鸭。

啊，人来疯的一迭迭雪浪花！

啊，人来疯的一拨拨油菜花！

哪里抵挡得住太阳的诱惑，哪里抵挡得住金灿灿的金牌的诱惑。

此时此刻，她们正用放大了的恣意的浪花般的欢乐，一次次刷新高大的镇海牛那潮湿的目光。

神奇的二维码

走进梁家墩，需与春天密谋，需加野蜂为好友；

去追逐扯着春风衣襟的油菜花，去刷屏那早已心旌荡漾的春情。

或者，用微信扫一扫，竖在春天盛大的花潮中那面不断四周延伸的喷绘墙和右下角那个神奇的二维码——

千真万确！就是这个标着主办、承办单位的方形二维码，就是这个粘满花蜜与花粉的二维码，让扫描她，骚动的内心会"吱"地溢出太阳般的花蜜来。

天空的一个默片

像一阵突然降临的鹁鸪雨，这片循入我视野的鸽群，在天空腾挪、跳跃和俯冲，发出"咕咕"的绛蓝色鸣叫。

一如形迹可疑的空军，在东山上空排出各式诡秘的阵型——从"人"到"从"，再到"众"，仿若一支神奇的仪仗队伍，从我的视野呼啸掠过。

没见潜入瓦楞草丛躲猫猫的，也没见哪一只飞往欧式城堡，冷不防在智标塔上发号施令的。

它们像受罚的爱情囚徒，腾挪、跳跃和俯冲，又到那一边腾挪、滑翔和俯冲；似一头冲破铁笼的发情的母狮，撕扯着天空，啮咬着火烧云，仿佛跟云后的夕阳过不去，试图用全新的阵形之潜网，像渔夫最后勠力甩出的鱼网，去网住藏头诗一般的落日。

考古一座村庄

考古学家像个仙人，在村庄龟裂的大晒场运足气，借古道热肠的线装书的浩浩乎洋洋乎，说这是一个贵妃一样典藏的城池。

像在默写村庄的天文地理，他在村庄仅存的一面灰色土墙上，用碳笔一一记下：道路、城墙、楼台、学宫、府衙、道署、寺庙、水塘、沟渠、牌坊、古树、闸前岗、府前大街、田螺岭巷、花园塘巷。

他像熟练的面点师，将芝麻葱花疏落有致地撒在烧饼上，他还记下村庄的胡须、眉毛、嘴巴、鼻梁、额头、青春痘、美人痣，记下男人醉生梦死的花翎的官衔和欲望喜悦的红荷包。

一百年前，三百年前，五百年前……他把这张烧饼烤得焦黄诱人。

他说一千年前，小村是位香喷喷馥郁郁的处子，眼神清澈，肌肤水滑，丰乳肥臀，腰如丁香；

他是岁月的间谍和时间的特务，他现身村口，就带来一出精彩的谍战戏，令用心者感叹，用眼者唏嘘，用情者春心萌动。

1976 年的一枚伍分硬币

　　这枚 1976 年诞生的伍分硬币，带着 1 月的哀思，周游世界。也许它见过 9 月那簇小小的白花，闻到 10 月那一缕酒香。也许摇身一变，成为收藏家的最爱，成为珍奇的压岁钱。也许它作为门票费，游过天坛、故宫、圆明园，对照天安门城楼辨认过自己的国徽。

　　也许它曾是煤老板的一盒熊猫牌火柴，山里娃手里的一个黑馍，广西前线士兵的一次不经意的占卜。或者，是夜半美容院小姐嘴上，那个不到十分之一的葱饼，不然，为什么三个商场收银员都嫌它脏，嫌它留有北国的油污，南国的熏烟。

　　但它在我心里仍享有着无比的敬重，它经历了共和国的风雨，依然有着饱满的麦穗和庄严的国徽，稍加擦拭后会露出依稀闪光的银子。

也说蟾蜍

惊蛰之夜，它们甩掉难忍的奇痒，与那条原始的尾巴博弈，褪去不知是谁加冕于身的黑袍，寻找自己的朴素的真身。

像一场突临的阵雨，消失在田角地头，它们似乎早已忘掉了时间。它们一不叫春，二不叫床，更不会随意叫屈，指甲大的身子，深陷于纷繁的农事。

它们惧怕进城，成为宠物鸟的最爱，成为实验室刀俎下的标本。它们喜欢群居，像我家的几个穷亲戚，常常结伴于村前柴草垛前，像一群懒洋洋的马铃薯，晒着春天的暖阳。一旦遇上风寒咳出的声响，竟然会被指认为向季节示威，企图密谋与暴动。

有时，一只腥味十足的手，会是自己的命运。一坨还在挣扎的红色诱饵，会是自己的宿命。

即便这样，它们依然拒绝滴血认亲的游戏，甚至，拒绝承认自个儿是牛蛙的后裔，更不认为春日是江南的好时光……

并且，它们死也不忘——自己披麻戴孝的身份！

捅灶灰者说

我是乡村炊烟的守望者，我手握竹条，打马串村。

我有包公的脸和火焰的心情，爱用烟灰色的暧昧，涂抹村姑的心。

我爱将自己比作乡村欲望的清道夫，排除岁月瘀积的疼痛。爱把灶膛比作男人的最爱，比作旧年花事奇痒无比的耳朵。爱在竹子开花时，摘一束晃过童年屁股的青竹条，做日子耳顺的扒子。

我还喜欢调侃，并告诉那些目不识丁的女子：一灶洞的灰烬，可做十筐墨水，可做千筐天下文章，陪伴万颗秉烛夜读的书生的心。

年关将至，我用粗糙的双手，如痴如醉地，把乡村的炊烟一遍又一遍地抚摸。

考古学家如是说

所有的人和事，都无法摆脱土地最初也是最后的召唤。而尘土，炊烟一样从地狱十八层汩汩升起。

生活的悲欣交加，无非是像糅合于土里的赤橙黄绿青蓝紫，像慈悲的千手千眼的观音或现世宝，轮回再现。

世事的潮起潮落，沙器样崛起的大大小小的建筑，无非是在土地的胸脯上，再施以一层毛茸茸的尘土；

然后，新的尘土又被时间召回，又重新夯实，等结出灰黄壳儿，又有新土无端地堆来……

鲜血与呼吸，生命与挣扎，光荣与耻辱，全以壁画或者芯片的形式，镶嵌在大地的裙裾上，形成村庄的处女地。

今日晴方好

　　此地风景真好，洲筑湖上，塔安洲上，那么多男女，草籽一样，撒落在塔旁的寺庵。

　　天气好时，分得清塔上男和女，塔下僧和尼。棹歌年年新，烟雾天天起。其他的城市也大同小异，偶尔是苍茫。

　　天气坏时，见得到唐末清尾，青灯马褂，有的朝代缺尾巴，诸如王侯将相，登岛赋诗，纵酒论天下，也不管东湖的东，西湖的西，还是其他，仅是换名云云。

　　上岛之路千千万，有渔船、汽艇、游泳或步步球，有情圣鸳鸯……

　　汉白玉运去，紫檀木运去，盐和佳肴运去。不可缺皇气十足的竹叶青酒，不可少西施钟情的紫皮樰李，或铭或碑，赋与诗。

　　菱歌八两，渔歌子二百五，竹子词半斤。

　　湖是湖，岛是岛，游客是游客，光影是光影。

湘家荡之恋

　　给喧嚣的尘世一个清凉的出口，给负轭的心灵一个宁静的驿站……无数爱的路径，指向那里——湘家荡。一只可以让时光慢下来的天眼，兀自坐享八百里江南。

　　唯美的环湖绿道，时尚的国际会所，经典的绿色农庄，曼妙的月亮湾沙滩，百鸟朝凤的凤凰洲绿地，都在湘家荡多情的怀抱里。"盈盈一水间，脉脉不得语。"这块上苍遗落在长三角腹地的翡翠，像一只佛眼，阅尽生命的神秘。

　　鸟语带着湖水的幽静，花香连着湖水的呼吸。借水天一色的粼粼波光，蓦然回望，时光老人在湖畔摆开一盘野趣盎然的对弈，每一枚棋子，都有一个动人的名字：白雪窝、观莲亭、铁松斋、载春舫、耕云堂、栽桑园、采菱滩、北花园……这是为每个游客看好的棋局。此刻的你，会自觉地卸却生活的辎重，在时光汩汩倒流中，成了桃花源中的武陵人。

　　那些尽享日光浴的鸳鸯，那些在荷叶间觅食的水鸭，那些在草丛水滨交颈的天鹅，那些与你捉迷藏的白鹭，它们或在湖畔湿地呼朋引伴，或于雾岚轻笼的氤氲里传花击鼓。要是无意间被调皮的游客打扰了，它们会用翅膀带着明净的湖光，朝湖畔葱郁的密林飞去，引诱你用慧眼，"食"尽湘家荡无尽的美丽。

在你大快朵颐之时，你会慢慢地迷失自己，人世间的爱恨情仇，世俗中的七情六欲，会随千年古刹精严寺的钟磬声，白云样渐行渐远。

湖水或碧，或蓝，或在碧与蓝之间随季节悄然变幻。都说它是绝代佳人，却少了花样的轻佻。都说它是前朝遗少，却摒弃了年少轻狂。她与潜鸟、银鱼、黄蚬、苇莺、红蓼为伴——它是水乡绝色的菱花公主，是款款起舞于水之湄的凌波仙子。

那片纯净的月亮湾沙滩，是湘家荡袒露的风情。她，一会儿是神奇的沙漏，一会儿是突兀的沙雕，一会儿又是爽心的沙浴……嬉戏和打闹，只会加深湘家荡的宁静。那乖巧的鱼鹰，那友善的松鼠，那灵性的白鹭，会好奇地注视你，演绎起人和自然的和谐。

人约黄昏后，你会惊喜于传说中的月亮，不在天上，滋养在湘家荡赏心悦目的温情里。嫦娥的花容，还这般澄澈。月是水的魂魄，内心深处渴望刻骨蚀心般的抚慰。

如果说，湘家荡的美是温润软玉，那凤凰洲的美，可以用风姿绰约、万木争辉形容。那些在洲畔夜钓的老人，那些野炊的少年少女，那些帐篷里嬉戏的情侣，都是湘家荡的有缘人。

但湘家荡的美，绝不是季节变换的假象，它的本质是超然的世外桃源。在湘家荡宽广的慈怀里，我心透明，我情永恒。磬声袅袅的风中，经幡散布祈福的心语。八方涌来的香客，仿佛朝拜的，是湘家荡这面圣湖，是湖水的圣洁，是水的滋润和包容。那种虔诚发乎心，鉴乎天。你会相信：对湖的信仰，是一种宿命！

一花一世界，一水一净土。这时，最好是让自己化蝶，看美丽的候鸟，优雅地从湖畔湿地起飞，掠过湖面，飞越湖心，天地无语，万物生息。

湘家荡是宁静的。它的宁静是在倾听鸟的飞翔，是在欣赏鱼翔浅底的灵动。作为鱼米之乡，渔舟唱晚是王勃的印象，也是湘家荡的图腾。夕阳映照，落霞与孤鹜齐飞，是经典的江南婉约。

哦，湘家荡，美丽是它的表象，神秘是它的生命。它是唐朝远去的背影，是美人曾经的印记。它有龙舟年年划过的自由豪迈，更是岁月馈赠予水乡的珍贵情怀。

多想成为湖中一枝无欲的芦苇，一剑嫩绿的菖蒲，一把滴水的木桨，一首青葱的棹歌，一弯尘世的炊烟，袅娜在水里，飘荡在云间，和谐在风中。

那自由的风，那自由的水，那自由的幻影，在时光之外，妙趣横生地衍生着无尽的美丽。

看云识天气

远离天气预报，将眼睛朝向天空，让目光投向被雷电灼出一块块乌青的天际。

仅仅一会儿，偌大的天空像东边的火烧云，俨然是士兵们举着燃烧的火把，等待出击；西边水墨样的积雨云，蓄势待发。

积雨云那边，出现如蛇的闪电，极像一种电脑美术字上那斜斜的龟裂纹。在乌云的庇护下，一条粗大的青龙，将长长的颈子探向海面，仿佛随时会搅起遮天蔽日的狂飚。

不知道该不该记住那句在我看来已经馊了的"出门带伞，肚饱带饭"的古训？总渴望，在火烧云与积雨云之间，出现一条能存放我全部记忆的内存样神奇而漂亮的彩虹！

而此时，我眼前出现一屏比"我爱你"病毒更糟糕的场面；倘若天空真的出现无畏者海燕或者搏击长空的雄鹰，恐怕也很难受得住火烧云泼出的那铁流似的酷刑。

一边是积雨云在雷电的淫威下肆虐漫卷，一边是火烧云鼓足劲在摇旗呐喊。

抗衡时刻，我的诗陷入真空地带……

一滴墨水

一滴墨水在黄昏走失。

在春天的潇湘馆，一滴蝌蚪似的墨水，化作一幅仕女图，或者画轴里一条喵喵叫春的猫。

一滴墨水，当她踮起脚尖伸长颈子，一滴墨水依然是一滴墨水。当她隐身于一支狼毫亢奋与骚痒里，或者，沥滴着作迟疑状，她依然是一滴上好的墨水。

而就在画家们卷起袖子抖开宣纸，收藏家呕起嘴伺机待沽的当口，一滴墨水终于沾上檀香，终于耐不住寂寞，纵身化作酥痒的暧昧。

而此刻，一只褐色的蝙蝠，在夜的瞳孔里，一寸寸迷失。

五谷杂粮的起义

乡亲们，让我说一通胡话吧！

你们看，水稻在锈迹斑斑的水田，任凭再怎么苦苦的回忆，也想不起怀孕这桩千古大事；

小麦与大麦一个德性，春风不来，故意沉醉在一场所谓甜蜜的密谋里；

高粱像村里喜欢假冒品牌香水的小娘子，只要有脸色酡红的有钱人上门，不再脸红，也不再想心事似的低下头抻衣角。

坏就坏在土豆，这看起来土头土脑的家伙，还未开春就长出粉红的芽来。它把蚕豆、豇豆、赤豆、毛豆这些豆字辈的同仁，一一数落，一一洗脑，一一苦口婆心个遍。

它还伙同老成的胡萝卜和不再纯情的小萝卜头，把在情事里不能自拔的莲藕，从黑淤泥里一一勾引出来，给它们黄金的启蒙，说什么地球同此凉热，说什么跳槽下海东山日出的时节已经到来！

掂量过五谷杂粮的水泥晒场是无奈的，一下子堆满了村庄最粗的黄椆树和黄杨树，堆满豁了牙的风车锈了马达的手扶拖拉机。

终于，五谷杂粮在一个暖冬集体起义，它们万众一心发誓：绝不沾染古老的晒场，不哭诉不后悔，临走不扔一句感激半句感恩，就失散在一个看似黎明的黄昏里……

爱在天梯间

认定了这座大山是爱的归宿，自天际垂下的粉色的拯救之路，像披了云霓的挽联，需要一步三磕，才能读懂月亮的心经；

认定了这座大山是羞于交媾的欢喜佛，是密宗的自由极地，是高耸于天际的爱之无字碑；

这是一场痛苦而漫长的朝拜，在时间的天平上，影子注入影子，步履叠加步履；

一座大山，一对男女，像梁祝遇到着火的春天，去蜕化蝶，那是极自然的归宿和结局。而就是他们，在翻越三千多级血染的台阶后，将爱之巨蟒，牵进了一个哥德式地堡那深深的冬眠里。

此刻倘有雷霆，必是为爱加冕；此刻如有暴雨，必为忠贞的青蛇显形。

爱太软，针芒含着的一滴玉露，居然在某个黄昏得了真经，然后，滴水石穿于日光岩，滴出一条虚妄的天路；而昼伏夜出的那只火狐，在发动一场纵横捭阖的爱的突围后，猛一转身，却兑现了他们私订终身的承诺。

八　斤

说到底，八斤就是一个"蜡烛包"。可她娘把豁了口的八斤，托付给黎明一张还淌着夜露的干净的荷叶。

等人发现，荷叶起了皱，上面滚满八斤混浊的口水。

有好事者，兼单身汉兼村畜牧场长兼未来八斤他爹他爷，用一台没有秤星的秤，称出了他的名字：八斤。

干瘪的奶羊将八斤慢慢喂至 8 岁，有一天，拖浓鼻涕的八斤，居然会喊一群奶羊为爹了。

更多时候，八斤朝那群圈内的羔羊嚷嚷：八斤！八斤！八斤……

上学没三天就逃学，后来喜欢钻女人的裤裆，直把八斤他爹羞得想找个坟包撞进去。

后来，再后来，八斤长至成人。他的成人礼，是一根草绳，和村口那棵歪脖子扶桑共同完成的！

八斤他爹，用畜牧场里一块肮脏的垫脚石，把断气的八斤沉至塘底，还骂他是恶毒的花蜘蛛。

鹁 鸪

在江南，有一种雨，叫鹁鸪雨，它是可以直下进人的心里的。

无论是梅尧臣的"江田插秧鹁姑雨，丝网得鱼云母鳞"，还是陆放翁的"竹鸡群号似知雨，鹁鸪相唤还疑晴"。可以想见，鹁鸪雨是多么的缠绵，多么的稠密，多么的令人心怡神荡。

鹁鸪是神性的抒情诗人，它一鸣唤，天会越发的蓝，太阳瞬间变成彩虹！

它一鸣唤，那些在田间地头迷路的人，脚下的路会灼亮起来。

但鹁鸪终是内敛的，除了嘹亮的鸣唤，它几乎很少出现在人们的视野里，偶尔飞起来，刹那间，便隐入不远处另一片灌木丛中。它不像那些雉鸟，喜欢张着七彩的翅膀，拖着香艳的尾巴，故意在那些庄稼汉额前作短暂的停留，然后呼啦啦飞去，消失在青青的河滩草地或碧绿的桑园里。

我是在棉铃初绽时节，遭遇到一场鹁鸪雨。那一刻，我在结满蛛网的祠堂里，刚摇响吱咂作响的童年的木马，却不经意惊起屋后竹林一场浩大的鹁鸪雨。仿佛鹁鸪,要用密集的声音,抵消我清明一样的乡愁。

它真的像高深莫测的法师,在竹影婆娑里布道,从黎明到黄昏。我即刻觉察,在湟湟乡野,只有神性的鹁鸪,才能将游子的内心唤软,才能将一颗颗若隐若现的草木之心,唤入一个个暖融融的梦中。

春之驴

　　一头公驴，被拴在一截不断涌出白色汁液的新鲜的树桩上。公驴闻着春草的气息，搜巡起春天的无端的美来……

　　当它听到远处传来母驴深情的呼唤，眼眸里汹涌的春潮，开始不停地涨啊涨。

　　像与岁月拔了一辈子河的纤夫，公驴将身上粗砺的绳子死死勒紧，仿佛跟春日有天大的情仇似的。

　　终于，母驴火焰般的目光，焚断了那条捆绑爱情的绳索。当公驴亢奋着朝母驴"得得"狂奔时，春天里被感染了的绿色而温软的空气，迅捷地为它让开道。

　　当它纵身一跃，骑上天上涌动的云彩时，那些围观的人被意淫了。

　　顷刻间，我看见：一条爱情的响尾双头蛇，在草地上不停地扭动——自然与被自然，繁衍与被繁衍，肉欲与被肉欲。

　　伪善与被伪善！

麻　雀

　　小小的麻雀儿，是上帝最早失宠的那些孩子。

　　被诅咒，被驱逐，被一种看似高贵的鸣叫逼出壁垒森严的林子，甚至，在田野边缘，还会被那些与它们有着相似命运的农人追赶……

　　它们是无辜的，但它们是聪明鸟类，并且是鸟类中出色的写意画家。它们知道，在风雨如磐的岁月里，要收紧单薄的翅膀，要扛起内心的疼痛，让灰色生命，在长满青苔的瓦楞间，在荒芜的铁塔上，在遗弃的屋檐下，寻寻觅觅。

　　它们知晓，天亮得去远山觅食，傍晚要衔着那瓣黄昏回来。顺便采撷沿途那些正在凋敝的风景。对它们而言，再洁净浪漫的雪地，也是上苍随意丢弃的一张宣纸，而银装素裹的大地，只不过是另一张形而上的天网。

大树的欣喜

这些从解放牌大卡下来的人，都有一副好眼力。

在村口，他们手搭凉棚，就看上那些高大的樟树、桦树、黄楠或者青楠，就像看上他们的新娘。在仁庄，青翠的柏树和珍珠梅多是用于祖坟守岁的，而泡桐和扶桑树是了无一用的。

城里有着比黄金贵的别墅，多像一位将军，需要高大威武的樟树、桦树、黄楠或者青楠做卫士。城里的一尺墓地，比乡间的一间房子还贵。自然，城里人的灵魂，比乡下人袖珍得多，需要矮脚冬青、马樱丹以及虚伪的电蜡烛来装潢呆涩的脸面。

这些树，这些令仁庄敬仰已久的大树，另走他乡前，居然不挥一挥绿色衣袖，只是用祖传的纤软的根，偷偷地舔了舔仁庄的黄泥巴。

放生的蝉

那个夏日，红灯笼一样亮在我命运的路口。

一个听得见蜻蜓振翅声的午后，一只鸣蝉诱我一步步走近那个池塘。

那年，7岁的我顽劣至极，患上大人反对的多动症。

有一天，我手握蚕网改成的捕蝉器，悄悄溜上池塘边的大柳树。

当童年好奇的目光被那只蝉儿突然接住，我两腿一软"咚"地一声从高高的柳树上，掉进深深的池塘——我像一块万劫不复的石头沉到了池底。

挣扎，本能地挣扎……我孱弱的身子居然海绵一样浮了起来，沾满淤泥的小手，居然抓住了大柳树裸露在水里的根。

后来方知，池塘曾是仁庄庙的遗址，我落水的地方是庙前有名的放生池。

难怪喜欢礼佛的爷爷爱唤它放生塘。莫非，今生今世，我是佛陀放生于尘世上的一只土不拉叽的鸣蝉儿……

山羊的早课

在牧区，山羊每天的早课，就是赶在东方日出之前，从简易的羊棚，云涌般奔至一块朝南的向阳坡。

并自觉站出一个不是很方的方阵。

假如，今天刚好是 13 只，明眼者会一下子辨认出，谁是甜蜜的告密者，谁又是忠心耿耿的附庸。

而此刻，它们似乎都在草原低头默哀，谁也不敢席地静坐，哪怕下跪半条腿……

它们在等，在等牧羊犬，那一根亢奋着的高翘的尾巴，粉墨登场！

喊故乡

我在心里一遍又一遍地喊着故乡，从不间断。白天黑夜喊，声嘶力竭，甚至喑哑着嗓门喊。

喊声持续却绝不缠绵，辞语庄严却拒绝黄钟大吕；

像被一只无形的手放逐的风筝，在天上晕头转向；

似一把被扯去弦的古筝，只能演奏故乡越来越稀薄的炊烟。

这喊，不是鸳鸯蝴蝶的故弄玄虚，不是金丝雀鸟的哗众取宠；

这喊，是七月梧桐树上的鸣蝉，在晨间嗅到了黄昏征兆；是身披黑袍的乌鸦，梦见了疾驰而来的死亡的噩耗。

这喊，是一颗柔软的良心对麻木的灵魂的喊，是一张起皱的喉咙对行将消失的耕地的喊，是一颗苍劲的翠柏对着茅草萋萋的祖坟的喊啊！

红莲寺

那个叫莲的姑娘，被黄昏的雷电猝然击中，便蝴蝶般抱紧自己小小的心，颤栗着遁入千年古刹的道场。

骰子般投进岁月的空门——她撞钟、念经、礼佛，把木鱼一般空的日子，过得比空，还空。

她喜欢天天托举着石莲花的那方放生池，喜欢那只由哑石分娩出的沉潜的乌龟，喜欢磐石样沉重的佛经，并且喜欢已入世的牙床，一遍又一遍去咀嚼。

她以出世般的舌头，去掂量和品尝，目光渐渐呆滞，如寺后刚被炸开的采石场；甚至，她喜欢上大雄宝殿前，那方不知来自哪个朝代的三生石。

她静心跪拜，用越来越柔软的嘴唇喃喃："我先世是一瓣莲花，我今生是这瓣莲花的十万分之一！"

越来越沉重的叹息，

越来越浅薄的岁月。

某一日，众僧抬头看见：一只迷路的红鸽子，绕殿堂一匝，又一匝，这让殿堂里慈悲的拈花观音，一笑，又一笑。

怀念红菱

长出一只长角的红菱，需要十足的勇气！

需要十面潜伏，并与可载舟亦可覆舟的湖水促膝谈心，达成十分的默契。

原本是一枚锃亮如乌金的果实，身藏小小的甜蜜，躲过乌贼鱼凶残的巧取豪夺，锚一样沉潜至湖底的淤泥里。

这是萌芽于春天的爱情，难捱的骚痒在水底暗自生长，一枚小小的菱角，有着玲珑剔透而不可估量的内心。

看啊，这个小小的人儿，乖顺地听从鸬鹚的教导，于水底一天天长大。而阳光轻盈的指头，躲过不安分的波光，斜插进澄澈的湖水，一下子握住了菱叶娇嫩的手掌。

是的，她是铆足劲的新人，当她走过荷叶田田的夏天，像一个羞涩而足月的产妇。

但，菱儿铭记自己锚一般的使命，始终张扬起棱角分明的秉性。

终于，她在微凉的秋水里摇身一变，捧出的，是一颗不羁的头颅。

而此刻，一只平民的菱角，大过一艘皇气十足的画舫。

静谧的湖水，因此激动得汹涌澎湃。

她搬动柴禾样的理由

我忽然发现，她的力气足够大，将我这样一个大男人，从幽闭的屋子里，一下一下推搡了出来。

她推我搡我的时候，脸涨得彤红，并且娇喘吁吁；

却难以分辨，是在生气，还是在使劲出力？

推我出门的一刹那间，我本能地抓住门框，仿佛抓住了滑溜快乐的理由……

"别忘了，这间房子是我的!"她歙动粉红的鼻翼，喃喃地说。

是啊，她要冒多大的险，她要搬动多少柴禾一样的理由，才可把身体深处一丛丛烫人的闪电，一一熄灭。

卡车载着千年时光绝尘而去

装古董的车辆，在村口一辆接一辆；

挖土机咆哮如雷，裂缺霹雳，丘峦崩摧，轻巧地把千年的黑暗一片片开启。

土壤的橙红、浅黄、浅灰、灰黑、深黑，依次从地下炊烟一般升起。

厚薄不均的黄土层，吸引了真真假假的考古家，一个花香酒气、纨扇笙箫的年代，被硬生生地割开。

时间的废墟里的一只玉琮，一片碗底，一枚石镞，呼应着酒的香、花的色、剑的张。或者，一场风花雪月，一次例行的朝觐和一个甜蜜的谄媚。

只知是明清的、宋代的、汉唐的，却不知是张子和的、许瑶光的、苏轼的或王羲之的，是《嘉禾月河序》或《菩萨蛮·梅花洲八景图》的。

所有的事物，泥土里簇新和真实着，各个朝代的人物摩肩接踵——烧火，织布，写状，饮酒，耕作，书声琅琅，显现出时间纵深里片片华美。

大地幸运地接受一场场篡改，荣枯起伏，落花流水。

绝尘远去的运古董的车辆，一路撒落"有事，请拨 137××××
××××"的白纸片，像刀片，像雪泥鸿爪，撕扯起村庄车辙样的
伤口。

哭泣的扁担浜

走近春天的扁担浜，我情感的水银柱一涨再涨。我花粉过敏的哮喘，复发如旧式火车的咳嗽。我黯然的眼神，遭遇了一场洗心革面的漂白。

扁担浜，你曾经的淑女风度呢？你夏夜里萤火虫样躲闪的羞涩呢？你匿藏心底的粉红色的隐私呢？而现在，你是青天下被扒去衣衫的婆娘，是季节的风暴随意蹂躏的羔羊……

你无助的哭声，急促而凄迷——只有与扁担浜难分难解的人，才会真切地听见：你心底有十万头狮子在狂奔在咆哮！那干涸而龟裂的河床，是你张开着的控诉的嘴啊，述说起千年不遇的罹难。连劲风中的芦苇，也在两岸举起白色的旗帜，仿佛是为她送终而扯起的经幡。

扁担浜畔，那庇护过我童年的马樱树呢？那筑着无数鸟巢的椿树林呢？它们，早已被一只又一只欲望的大手，挪到了都市深深的庭院。

我的扁担浜，曾经名闻遐迩，曾经腰肢柔软，曾经情歌绵长，曾经清贫但富足，闪烁起所有村民的喜悦。

而现在，却沾上了锈迹斑斑的铜绿……

流浪的舞蹈团

这间阳光屋，喜欢不断地迁徙。

像一只在欢爱间隙里娇喘息连连的蜂王。

像一个年轻英俊的舞台监督。

此刻，这个小丑般打扮的养蜂人，像一只被太阳拎在手里的调皮的网球鞋。他用乳白色的蜂王浆伺候蜂脾中刚学会振翅的小蜂王。

养蜂人说，这间阳光屋子，是一只最大的蜂王——白天收集油菜花一般的秘密，夜晚编织映山红一样甜蜜的爱，让迁徙的梦幻漾起面包房香甜的温馨。

一次次打开行装，一如宇宙中的航天器，打开坚挺的翅膀。

只是有一天，他会突然记起自己的前世是篱笆墙上一抹湿重影子……

绿色美好的时光，把偏僻小村经典的炊烟，逼至遥远的爪哇国。

留学生超叔

像一台老式留声机，声音越来越粗糙。

曾是一个旧式留学生——光鲜的皮鞋，潇洒的西装，一双懵懂的眼睛，看谁，谁都是一个崭新的世界。

他把家产换作黄金，捐给南下部队，然后漂洋留学法国。

5年后留洋回来，乡间地头，回荡着比解放区的天还明亮的天象。

像一个哑巴，他整天拉他心爱的小提琴。

让他扫盲，他捧出小提琴拉几弓；泥巴窗台上那几只青涩的小鸟，睁圆眼睛不忍飞去。

请他建仓库，一个仓库用掉三个仓库的料，有人骂他假洋鬼子，有人说他反对"多快好省"。他却从不吱声。半晌，捧出小提琴，狠狠拉几弓，似在申辩，又好似哭诉。

后来去掏大粪，晃悠的粪担上挂着一杆小提琴，闲时拉几弓。刷马桶的日子，仿佛也是香的。

给他招媳妇，头摇得像拨浪鼓。请他列席政协会议，三七二十一头牛也拉不动。

老了，常将屁股搁在自家油亮的竹门槛，极其深情地拉着琴，那一刻，时光仿佛回到了早上八九点。

"那把琴，是他娘子给的。"邻居说。

"是爱丽丝挽留不住我而赠我的一个礼物。"超叔汪着眼，喃喃地说。

木　槿

墙的少年。篱笆的门。

它曾是母亲劳作累了时，一个坚实的依靠。

屋子前面，那排竹编一样的木槿，用嫣红的木槿花点燃过黄昏星的忧愁。

怪只怪木槿，在秋天走岔了路，挡了一个人的来路，挡了一个人的风水，所以那人会用桑剪，粗暴而无情地刈除它们的薄命。

然而翌年春天，木槿还会手挽手在春风里齐刷刷地长出来，像村里那群年轻而苗条的姑娘。

是的，木槿不像村里那些懂得世故的人。木槿即使在一个地方吃过亏，甚至差点丢过命，也不会怯怯地躲开，而是照样无心无肺地长，照样一心一意地绿。

木槿认的是，一条向上的路！

贫困有钻石的面孔

玻璃永恒的青春，有钻石的一面。

就像创伤和饥饿，像断层里的被遗弃的绿色的墨石，以及藏匿于心的阁楼中那高贵的田黄。

而鱼的女儿，被高傲的白云囚禁。那只常来常往的鱼鹰，这死亡唯一的目击者，在扶桑的最瘦弱的枝条上，练习蝙蝠倒悬的伎俩。

时光是慢的，目光是锐利的，在瞌睡中猛然醒来的正午，一个衣衫褴褛、面带土色的少年，正在忧郁的水草上，用青青的竹竿，打捞一只陈年的虎皮蛇蜕。

泪水中疾速转动的天空，把一个少年朝觐已久的热梦，快疾地转成万花筒一样的天堂。

仁庄的小心眼

    我是如此地执著于光线的质量，而忽视钻石的重量；执著于太阳黑洞的庭院深深，而忽视月亮莲步的滢光幽幽；执著于清新的桔园里地衣的痛痒，而忽视大棚果园里黄瓜转基因的奢侈。

    而月亮注定是了无一用的怪物，像被歌唱过的缠过小脚的女妖，冷不防会趁着深夜，往我家鸡窝喂一把盐粒和一小撮盐粒一样的凄凉。

    我是如此地执著于布谷泣血的鸣啼，而忽视蝴蝶虚妄的尖叫；执著于甩掉冬天尾巴的蝌蚪们，大清早爬上坚硬的乡村公路，向春天突临的倒春寒集体示威。

    而宁可忽视，忽视是大地震来临前的一个征兆！

    是的，我只关注我的家乡仁庄，关注村庄里的那些狗尾草和那阵落毛风。其实，关注长城昆仑长江黄河的人太多了，我只关注村庄豆荚地里因过早汲足了阳光而嘣出荚壳的第一粒豆子，以及它显得有些怯怯的神情。我还关注村头的东塔漾和丝瓜样的石佛港，关注水面那些傍着葫芦的蜉蝣。

    我还关注，仁庄村北那片越来越陡峭的坡地，那座低矮潮湿

　　的小石屋内的牌坊前那些先于春天醒来的祖先，是否惊悚于打桩机强劲的干咳声。

　　请原谅我的胸无大志和麻木不仁，原谅我老去的心与仁庄一起，深陷于腊月里的乌鲤鱼死死咬住的枯水期……

删除第五季

暂且命名它为第五季。

隐隐觉得，有个青面獠牙的怪物，在四季之外大发淫威，它挥舞蟒蛇似的魔鞭——雨一鞭，阴一鞭；日一鞭，夜一鞭……

它歇斯底里，纵容魑、魅、魍、魉这四大金刚，越过季节的栅栏，围剿人间四月天；

它穷凶极恶，无恶不作，裹挟起海啸、泥石流、沙尘暴和病毒，侵袭太平人世间。

捍卫每一片蓝天，才会有绚丽的彩虹；

庇护第一颗心灵，才会有辉煌的日出。

月亮湖畔，传说中的哪吒，将风火轮化作风力发电的大风车；

银杏林里，太阳神阿波罗，摇身变成一座座绿色光伏发电站。

连头顶"咕咕"的鸽子，也化作绿色"删除键"，删除来苏味十足的怪异病毒。

人们呼唤着，呼唤着用道德和智慧、科技与良知，铸成一把万能的钥匙，去打开这片尘封已久的蓝天。

特混舰队

洁白的蒙古包，面对着一个海，大牧场的海！

一条路勾连着丝绸，一条路通往神的居所；

另一条，通往 5 月早上的 5 点或 6 点。

几头奶牛看见我，在上午 9 点，它们依然在海浪似的花丛中踯躅，或停留；

在呼伦贝尔大草原，奶牛，是身穿迷彩的舰只，肚腩储满的丰腴的阳光。

这些奶牛，在花草中缓缓航行，像一块神奇的大橡皮，把安静的花草的鲜绿，擦出深深浅浅的波痕，像极了一支神奇的舰队，在笃悠悠地移动，仿佛在悄悄地调防。

陆军和海军做的事，几只奶牛做得更出色。

而最终，这支训练有素的舰队，被纯银的月亮收编。

舞蹈之树

不管从哪个角度望你，你都在舞蹈；有风，或者没风的时候，你都在舞蹈。

灼灼发亮的叶儿，可是音乐动人的翅膀；纵横交叉的枝条，可是精心构筑的舞姿。

看你莲步轻移的倩影，在风中。

与风押韵，是风之舞；与雨押韵，是雨之舞！树啊，你这卓越的舞蹈家，在与你片刻的对视中，我居然产生一种难以复原的失重的感觉，像一只在风中倾斜的鸟巢……

在不停的舞蹈中校正自己，始终醒在日月的追光灯里，不敢有丝毫的懈怠。

我明白你舞蹈一生的缘由了。我明白世上有一种爱，即使戴着镣铐，也能在岁月坚硬的夹缝里一张一弛的缘由了。

在你舞蹈的时候，我只想做你裙裾上一片动人的叶子。

养蜂者说

正是人间四月天。

调皮的阳光，精灵的阳光，呵护着这间蜂箱一样的神性小屋。

嘤嘤嗡嗡的声音，仿佛在说："诗，摩擦音，甜蜜的通道。"

尽是诗。尽是醉。尽是娇憨和妖媚。

跳跃的光晕里，流韵的蜂语铺天盖地。

玲珑的身子有颗不安分的心，里面蛰伏着一个七彩斑斓的春天。

阳光灵动的指尖，把屋面上泛着蓝光的电池板，认作一个个透着高贵气息的琴键——那被蜜蜂群缓缓抬高的桃花的风景，都是这琴键里蜂拥而出的流蜜的音符。

这间神奇的小屋，像一个婉约而俏丽女子，有光洁的容颜，有骄人的身姿，体内豢养着 220 伏特的月亮。

兀突在浩瀚盛大的花事里，接受阳光一遍遍爱抚，做太阳永远的情人。

那盏在黄昏点亮的桃花灯，是春天寄存在蜂巢的一个密钥，一旦被蜂王訇然打开，那姹紫和嫣红，那缤纷与绚烂，一瓣瓣一片片，都化作了馥郁香甜的桃花梦。

桃花云，桃花源，桃花潭，桃花醉，生命的每个驿站，披满成簇成团的季节的花粉。

面对远方的邀请，养蜂人把袖珍的阳光屋，请进他的流动的太阳能大篷车。

隐约听到，另一个盛大的春天，在花信的潮汐里痴情地呻吟——那是夕阳，在吭哧吭哧的奔跑中，从嘴角泄露的带电的秘密！

在父亲的罱泥船上

早上，送儿子上幼儿园的瞬间，我踏醒了昨夜那个梦。

我梦见父亲那吃水很深罱泥船上，一个5岁的孩子挥舞着一只红菱角，嚷嚷着要吃掉它甜甜的白。

一个江南农村孩童，坐在颠簸在水中的劳动的罱泥船，仿佛坐进了人生最初、最生动也最无奈的课堂。

不错，父亲的罱泥船是我温暖的摇篮，那唉乃的橹声是母亲唱给我的朴素而动人的谣曲。

在父亲罱起的乌金样的淤泥里，我寻觅鲜蹦活跳的鱼虾，寻觅童话的贝壳和泥螺，寻觅启蒙我人生的智慧的宝藏。

我用赤脚丈量船舷，在暴风骤雨袭来时不晕船。我以为，船儿的摇摆与人生的动荡有着某种必然的联系，那些在生活的船上晕了头把心肝哗哗吐出的人，那些贪得无厌频频制造翻船事故的人，当初一定缺少这一课。

鱼儿在蓝天和白云间穿梭，时间在流水和劳动的艰辛中穿梭，当罱泥船穿过杏花村，绕过桃花坞，便马上想着与竹影婆娑下泥塘口轻轻地接吻。

　　真的，从船头穿到船尾，就像菱角的芽儿，从水底蹿到水面，在阳光里惬意地放飞它绿色的梦幻。

灶间生活

用灶灰擦拭灯罩的人，是我的老母亲。

她像一枚不断矮下去的灯芯，端坐黎明空旷柔美的诗眼里。

她是一位落寞而温情的乡土诗人，用早上第一把潮湿的柴火，写诗。她有一张泥土般温暖朴素的脸孔，屋顶天使样瓦蓝瓦蓝的炊烟，是她每天要发表的乡土诗。

她手握锈迹斑驳的火钳，口含一管乌黑空洞的竹筒，朝火星哔剥的灶膛呼呼吹气。

那一刻，母亲仿佛是一位最蹩脚的长笛演员，却一眼能认出，喑哑中忽地蹿起的火焰，是她晚年吭哧吭哧的庸常生活。

其实，三尺灶间是母亲恪守的净土，它是母亲生活的最爱，是儿女们迟早要皈依的乐园。

朴素温馨的灶间，也是人世间最干净的。你看那脱去饱满谷粒的金色的稻禾，怀抱太阳的梦在灶膛里舒展身子，竟一下子映亮母亲幸福的脸膛。

那是从火热的生活中心，渐次退至边缘，即便退至生活最低处，仍然散发略带咸涩的馨香，充满温、良、恭、俭、让。

其实，灶口那些乌黑而细腻的灰烬，也是生活油污顽渍的克星；要是你被生活的荆棘割破手掌，搽上它，居然还是一味体贴而奏效的民间止血剂。它源自于火，却比火更干净，更纯粹。

　　那些背井离乡的人空着眼睛，在柔软的内心营造一座潮湿的柴灶和一缕青色炊烟。

纸上的仁庄

　　将仁庄放在一张纸上，将仁庄的老人孩子、仁庄的猪羊鸡狗猫鼠放在一张纸上，将仁庄四平八稳的节气以及奔跑的油菜花放在一张纸上。

　　这样，仁庄的身体臃肿快要撑破这张纸了，仁庄有毒和无毒的蘑菇一夜间快撑破这张纸了，仁庄老人的咳嗽像在冲击吉尼斯了，仁庄孩子怪异得认福利院小保姆为妈妈了，仁庄河流的声带镶满厚厚的铜锈了，仁庄的油菜花、麦子与水稻不在季节里奔跑了，甚至，连仁庄的四个季节也早已被转基因了……

　　仁庄曾经被勒石刻碑于村口，现在居然隐身于一张纸上，仁庄七彩的渠水跳进白沫的池塘乐此不疲，仁庄流淌千年的小河一夜间静脉开始曲张，仁庄的牵牛花蹿上最大的苦楝树，声嘶力竭的要喊："鬼子进村了——"可刚张嘴，声音全被这张纸隐身了。

　　现在，仁庄已经在一张纸上了，哪怕被刺鼻的风掀起一个角，仁庄就会在人们的心里神奇而彻底地消失。

　　这究竟是一张什么样的纸呢？是一张普通办公用纸，还是一张被无数工序打压成的大红大绿的描图纸……

第三辑

孤独的闪电

大地的声音

饭粒的风景

平反之后，他把习惯带出牢狱，他常常去秀运广场，在汉白玉台阶的间隙里，塞入饭粒，片刻间，只引来三两只蚂蚁，而且毫无斗志。

这跟他以前吃禁闭时不同，每顿他总会留下一颗饭粒，竖于潮湿的水泥地面，豢养不透风的时间，却终能吸引一大群黑蚂蚁，运气好时会处引来一穴，它们围着饭粒打转、跳舞，或者打坐、拜忏，像在举行庆典。

有的竟自残，硬生生卸掉腿脚，有的刀戈相见，只为登上饭粒的珠穆朗玛峰——独揽风景。

荤素人生

出生时，必是荤的——送大红喜蛋，吃鸡鸭鱼肉，邀七大姑八大爷，好好热闹一番；

中间是荤素人生，不荤不素，或者亦荤亦素；

当他告别人世，必是素的——你会看见一帮人，着素缟，吃素斋，向去世者叩拜，向左邻右舍发利事糕，还请来和尚念佛经超度。

仁庄的乡村俚语

仁庄有好听的俚语，比如喝茶饮酒，叫"吃茶吃酒"。比如田畈干活，叫"一铁耙两个稻籪头"。

相亲，叫"对八字"。结婚，叫"好日"。下雨叫"落雨"。迁徙叫"进屋"。剃头叫"铰发"。雷击叫"天打"。闪电叫"忽闪"。

沐浴，叫"汰浴"。出差打地铺，或者住招待所，一律叫成"困客栈"。

爆粗口，总说小娘养的。第三者插足，叫"外插花"。

而如今的乡村俚语，像村庄上空越来越稀薄的炊烟，飘着飘着，没了踪影。

梧桐树的东西南北

这棵不知是哪年栽种的高大的梧桐树下，是我爷爷奶奶的坟冢。

梧桐树的东与西，是我们家的 8 亩责任地。父亲说，这是一片跟我们血脉相联的熟地。

我知道熟地的含义。分地前，父亲就像有些干部"跑官"一样，到村长面前死皮赖脸去"跑地"。

每年农忙时节，父亲总要领着我们兄弟姐妹，在梧桐树荫下肃立，或静坐于爆凸于泥土的那支老根上，听父亲一个人自言自语，像是在默念曾经疏忽的悼词，又像在感恩上苍的恩赐，领受祖先的圣餐。

而梧桐树的南与北，是流经仁庄的千年大运河，它像是一支雄浑的绿色安魂曲，昼夜不息地安抚我们光影般清浅而庸常的生活。

梧桐树上的鸟

赶也赶不走。

或赶走了，也立马就会飞回来。

这一大群白鹭鸟，宛若纷披在梧桐树上的春雪，像是为沉睡在坟冢里的爷爷奶奶守灵。

这多么像在田间刨食的父亲，把泥巴当作是最亲的兄弟。一旦离开土地，他就会变得手足无措。

迁徙的日子就要来临，这时的父亲整天一脸的无奈，有时竟会对手中不听使唤的农具咆哮，更多时候是沉默，只能用满头白发向村庄宣示，这儿才是他真正的家园。

三步两爿桥

请回的石佛，是重的。

喋血的梅花，是重的。

醒在龙脉上的梅花洲，是重的。

知青小屋和人民公社，是重的。

三步两爿桥，是重的。桥塅经文样的密密麻麻的爬山虎，是重的。

此刻的我是轻的，像水西草堂前的忽闪的皮影。

当我穿过桃花源的十里春风，走上高高的石廊桥，恰好瞅见两棵千年银杏，在浓密的知了声里迸足气，挺了挺腰杆。

月亮豢养在洋河里

对视，或者品咂，将爱的亢奋气沉丹田，连同一段不辞而别的奇缘。我看见，不可复制的玫瑰，在春风的心尖上舞蹈。

古典的月亮，从爱情的酒窖冉冉升起，像一面国旗，在玫瑰的国度，招展成月光般的乡愁。

仿佛用神奇传说，勾勒海市蜃楼的美景——

那蓝色妖姬，那梦之蓝，那液体的精灵，那婉约的情人，鸥鸟般穿过大江南北，越过五湖四海。沿途都是馥郁的馨香，以姿色挑逗迷幻的晚霞，以才情弹拨玫瑰之心灯，像化蝶的梁山伯与祝英台。

而群山举杯，一醉千年，在光阴里豢养慈悲和博爱，豢养王朝深宫里月亮般的秘密。

剥笋的记忆

剥笋的记忆来自幼年，陪邻居奶奶在竹园里掘笋，掘那些被虫子噬咬过的不会长大的"哑笋"。

看她坐在低矮的门槛，把层层叠叠的笋壳慢慢剥除，白晰的笋体上多有个痣一样的空洞，洞内常盘踞着一条青虫。

这只青虫，就是孙悟空。奶奶逗我说。

后来生产队批斗现场，我听见有人叫她地主婆，叫她的四个儿子为小地主。

真的像剥笋一样，她的四个儿子上大学和当兵的权利，笋壳般被一一剥下……

会场上，有人还骂她为白骨精，教人想起齐天大圣那"嚯嚯"飞来的金箍棒。

石皮弄，一部线装了的《了凡四训》

在袁黄故里，我一眼认出，这条逼仄的石皮弄，是部线装的、有棱有角的《了凡四训》。

脚下这条被岁月之履磨得锃亮的石板路，做了这部古装书的书脊。

相向壁立的老墙，像时光里穿灰布衣衫的慈眉目善的老翁和老妇，做了封面与封底。

喜欢风雨、雪霜和雷霆的阅读，也喜欢阳光、白云和星星的轻阅读。

更轻的阅读，是你脚踮青石板，伸手触摸两侧老宅墙壁，在"庭院深深深几许"之悠远中，遥想袁黄把《了凡四训》写在地嘉人善的地方。

读着读着，便到小巷尽头，你眼前会粲然一亮。

是的，就是这部书，月亮繁星读过，清风明月读过。

京砖样孤绝的版本，典藏人间善的密码；

那些身带善念之人，就是这本书的汉字。

一叶经典的书签

认识你，是在一部史书的注解里，我的嘉兴同乡，你 23 岁的年轻与果敢，闪过望志路一座石库门的古典，点亮南湖水面上那艘画舫，成为一帧太阳般隽永的风景。

望风，胜似故乡乌镇观前街散步。当汽艇的轰鸣迅疾地逼近画舫，你不紧不慢的咳嗽，像青鸟之啼鸣，唤醒画舫内貌似打成残局的麻将，以及映现于白瓷茶杯那浓淡相宜的面影。

想象莲花般灵秀的你，手执绿绸伞，摇曳在 1921 年灼热的阳光里，想象你以船娘般俊俏打扮火红的七月，你不时进得舱来递茶送毛巾，时而抱紧那支会吟唱歌谣的琵琶橹，时而将纤纤素手握成拳头。

松开刹那，一颗黄金的太阳，出浴在南湖辽阔的水域，这使烟雨楼刹时美丽起来，成了一部史书的封面，而你是她不可或缺的、枫叶般经典的书签。

毕业照

校牌鲜亮，阳光明媚。一群男女学士、硕士和博士在学院门口拍照。

有人开始把昂贵学士帽、硕士帽、博士帽丢向天空；所有人把学士、硕士和博士的头衔，在笑声中抛至天上。

照相机喀嚓喀嚓，把戴着学士、硕士和博士帽的云儿，和临时飞过校门的鸽子绛蓝色的叫声，一齐定格。

仿佛这一瞬间，欢笑与成功，一齐定格！

成功其实很简单——把大学的这个鲜亮的标志或者校牌保持一生，你的人生就赢了。

有游人见这些有绶带的帽子落了一地，说："宝宝心里苦，但这么好的帽子，怎么能扔到天空，落到地上呢？"

又有游人说："若干年后，你是否还有勇气，把你头上戴的乌纱帽，或者你千辛万苦换来的各式各样的帽子，随便扔到天上去？"

这一刻，此起彼落的年轻的笑声，渐渐吞没了整所大学，响彻云霄！

沉默的羔羊

沉默的羔羊寻寻觅觅，是起伏的山峦和青青草儿，诱惑了它。

在潺潺溪水的恍惚的眼眸里，沉默的羔羊读到了自己好奇的犄角，一如牧羊女的胸怀。

春草，春水，春潮，春情，春思，这些无比美好的事物，浩浩荡荡，借暖暖的东南风，从远方朝沉默的羔羊奔涌而来。

覆盖和被覆盖，淹没和被淹没，践踏和被践踏，蹂躏和被蹂躏，沉默的羔羊全然不顾这些，只将不浓不淡的羊膻默默地种进温软而湿润的草丛里。

在山岗，沉默的羔羊，像一朵硕大的白蔷薇，绽放在时间的慢镜头里。沉默的羔羊，让人想起勤勉的蚕。无数次寻觅和咀嚼，只是为了找到回家的路。

沉默的羊羔，将日渐丰腴的身体交给早晨和黄昏，将爱情交给山野绚丽的日出。那对好看的犄角，却始终刺刀般醒着，那是因了牧羊女的情事中，曾呈现过碎冰般的狼绿和尖刀样的狼嗥。

蜂群，抬高了远方的太阳

追花而来，择花而居。

鸣笛，一辆太阳能光伏大篷车向远方的桃花源进发。

养蜂人牵起春风，用流蜜的阳光打扮他的太阳部落。

这一刻，他是至高无上的蜂王，是太阳部落的族长，或是太阳乐队的首席琴师。

养蜂人辨得清蜂语的浅唱低吟，读得懂蜂言的抑扬顿挫。这细如花粉的声响，在夕阳深情的注目里，慢慢占居了半片天际。

而蜂群，用翅膀抬高远方那片紫色的霞，给沿途的温柔村庄抹上酒一样的芳香。

迁徙途中有挑灯的桃梨树，有举眉的马樱花。那对春燕在大蓬车前穿针引线，活像着燕尾服的乐队指挥。

半个月亮爬上来。车上有新闻联播，有爱妻的呢喃。年轻的养蜂人，微笑着将案前的桃花酒，一饮而尽。

孤独的闪电

是她，最早预见天边正在翻卷的黑色狂飚；

是她，以思想者金蛇狂舞的思绪擦亮苍穹。

仅仅一瞬间。

一瞬间——完成了一个生命的过程，情感的血潮，骤然涨满整个天空。

大写意、大手笔的闪电啊，像神的号角，一旦横空出世，便生就鹰的豪迈，生就惊世骇俗的秉性和寰宇般辽阔的胸襟！

而在此前，趁着夜的庇护，缱绻的积雨云在天边恣情挥洒她的浪漫，倾泻她啤酒花一样横溢的激情；专横跋扈的雷霆在愤怒地干吼；嗖嗖作响的罡风在高天处煽风点火。

不用说，在雷霆到来之前，必定有如鹰般的闪电，旗帜般在天空高扬，只一刹那，就挥洒出一幅无边无际而又惊心动魄的水墨画！

闪电，孤独的闪电，在纸一样的天空，于寂寞之中訇然炸响，照彻宇宙中沉重的浮云和委琐的尘埃，照彻那些崇高和不太崇高的灵魂和欲望，照彻宇宙中一切的一切，并酣畅淋漓地诠释生命所能抵达的高度。

　　渴望闪电者是谁？直面闪电捧出滚烫的心者又是谁?!

　　灵魂一旦染上闪电的气韵，便拥有了气宇轩昂的大度，那时，太阳的尊严便金币一样撒满人生的每个站台。

理解一座雕像

不断的风化，终于轰然坍塌；

岁月呼啸而过。

我触及一张蛛网，顷刻间，鹰哀怨地死去。触及生锈的铁轨、圆木的裂纹，以及列车渐行渐远的呼吸。

不断的风化，进入雨季，进行雨季里最难捱的黄梅时分；

如果我，成为一抹月亮的影子，我为空气中的颤音羞愧。为此，我辗转反侧，写钟乳一样的诗。

一直到，一阵喋血的呜咽，自苔藓之皮肤渗出……

灵魂家园

需要一种纯粹的精神，为自己营造一座灵魂家园；需要在人生的天平上，用你的人格精神，构筑一座属于自己的心灵家园，然后看另一端的砝码是否失重。

灵魂家园，可以是金碧辉煌的宫殿，也可以是挡风避雨的草庐；可以是一个精致的薄胎瓷瓶，也可以是一粒被遗弃在荒野的瓦砾；可以是一棵栖满阳光的大树，也可以是一片随风飘零的黄叶……

在心的天平上，一座宫殿拥有的财富，不一定比一间草庐要多！一个薄胎宋瓷的质地，不一定比一粒瓦砾要坚硬！

最容易失重的，往往是那些把热情、真情和爱情爬山虎一样依附于权贵的人。即使他的灵魂家园富丽堂皇、镏金涂银，他的灵魂也会无处栖身——人格精神的塌方，导致灵魂的出窍！

对于行走的肉体，遮风挡雨的棚屋便是家，而对于走失的灵魂，要找到这样简朴而亲切的家园，委实太难太难。

另一种插花艺术

在水、阳光和季节的翅膀下若隐若现；

在美学、诗歌或宗教的阴影里若隐若现；

与艺术无缘又有缘……

总摇曳在人们的视觉、味觉乃至第六感觉中，精神又漂亮！

以至于跟着感觉走了千年万年，全然不顾她的喜怒哀乐，她的恩怨情仇。这种插花艺术由来已久，几乎每个朝代都有这样的插花大师，端坐在花影里微笑。

龚自珍的《病梅馆记》，恐怕是这类艺术里一枚最鲜亮、最耐人寻味的果子。我尝了一遍，又尝了一遍，发现那种被称作优秀之陶的花瓶，肚量出奇的超人。

为此，我常深陷于无尽的迷惘之中。

另一种第三者

晚上 8 点，我在大街上走着。

顷刻间，发现自己成了木偶。我的灵魂被一股神奇的力量所牵引，使两道本来平行的轨迹，交汇于一座爬满老藤的木屋。

寒暄和微笑端上后，主人拣了颗黑痣做话题，我开始变成他手里怯怯的咖啡。后来，又变成他嘴边点燃的卷烟。

烟雾中，我脸上生出岁月之苔薪，长出黑色蝙蝠之哀鸣。惊诧间，我告别墙上的挂钟，发现过去的好时光，在茶色台板玻璃里长出翅膀。

在钟摆的暗示下，我的灵魂生动如欲望，破门而逃。

另一种海

　　群山是一片海，原野是一片海，天空是一片海。

　　轮回的四季是一片更大的海，爱也是一片海呀。外线工，你刚从新月般的新婚的港湾出发，便箭一样驶入冰暴和雨雪的不期而遇的奏鸣。

　　更多白天，驶进被乌云遮蔽的阴霾里；

　　更多夜晚，驶进被远山阻挡的梦幻里。

　　一年三百六十五天，你的归期总是遥遥无期。栀子花开了又谢了，花信风吹来又吹去。外线工，世上唯有你这片季节之叶，永远生动在高挺的铁塔上。

　　不，这哪里是平常的铁塔啊，这分明是搏击海啸与恶浪的桅杆；而你，也不是铁塔之树上的一片音符般的叶子，而是一片鼓满飓风的帆！

　　抑或，是一面披肝沥胆的猎猎的黄肤色的旗帜！

　　你将大爱嫁接给了几百万伏的高压线，你的思念绕过一个个事故的百慕大三角，你用执著和责任编织一张形而上的网，放逐闪电的红鬃烈马，抵达万家灯火的宁馨。

　　啊，外线工，莫非你肩上的绿色的工具箱真是一个神奇的百宝盒，只要轻轻打开，便会神奇地溢出一个瓦蓝瓦蓝的大海来。

楼梯口的黄昏

我下来那会儿，你正拾级而上。

昔日脸上堆起的，那种熟稔的微笑，在黄昏袅绕出的青烟之背景里，陡地塌方。

神秘，一如你随意丢弃烟蒂的瞬间。

雾霾遂起，模糊了我的双眼。

而楼梯拐弯处，那盏暧昧的白炽灯，在作无声的暗示。

鸟有先知

先说说天空，镶金的云彩。

现在只需你要低下头来，像西边高贵的夕阳，或者，像鸟儿的一场失恋，把仁庄破落的风景，看得风生水起。

村口，那蓬茂密的芦苇丛前，喜鹊的几根羽毛，在一张巨大网中翕动。

是新鲜的血迹，还是陈年的锈迹？

几个扛锄的农夫渐行渐远，缓缓消失于最后那头老牛几近干涸的眼睛里。

向西去？抑或向东去？

天空正在陈旧，大地不再翻新。

那些遗落的事物，像蓬勃的灌木丛里一阵打鸣后扑楞起翅膀的雉鸟，在仁庄浩大的天空，做最后的盘旋，然后径自向我们不知方向的地方，远去。

是的，鸟有先知，兀自飞去，我们何曾怀疑？

敲麦地

然而，我真的无知透顶。

曾以为敲打麦泥，不是枯燥乏味的农家活，而是趣味盎然的人与地球的一场游戏。是的，那一刻，我又看见了，这些与冬天缘分难尽的人，沐着零星的寒雨，边用榆木榔头敲打麦垄边后退着身子，如一些离群索居的母鸡，在生活艰辛的键盘前，啄食雪粒般若隐若现的麦子。

这些在麦垄上后退或后缩的农人，抑或是一群按部就班的电动玩具。他们绝不抬起自己的头颅，似乎一抬起头，麦子会在垄上沉沉睡去，或者会随麦垄这神奇的飞毯，光线一样飞走。

他们退得异常坚定，目光决绝。他们会退至何方，真的无从知晓。远方抑或是天边？他们的影子正在被风吹弯，吹散。等待他们的，是虚幻的炊烟？

直至退到长满野蒿的田塍，退至日历的背后，退至消失。或许，退出了流汗的身体，退进背后那片荒芜的祖坟，退进苍茫与空旷……

鹊　巢

就筑在童年那棵被雷掳走一弯树枝的古银杏树上。

一只喜鹊，在我遥遥无期的远眺里款款飞来，像一片神奇的为命运举托着的黛青的瓦片。

它驮起缕缕阳光，衔着条条花枝，铺就片片日历，在我们僵硬而麻木的心灵的枝丫间。

鹊巢，一只蓬松的鹊巢，令我潮湿的心事，雨一样淅沥着落下来。令我渴望的瞳仁，刹那间涨起了黧黑的夜潮。

这是母性的高度。一只普通的鹊巢，像一只灵性的莲蓬，严冬里撒落温暖，酷热里盛载沁凉；

更是神性的高度，一只质朴的鹊巢，像一只爱情的耳麦，甜蜜时娓娓叙说，疲惫时一起沉吟。

有时候，它是开在思念之树上一朵永不枯萎的太阳花。当我的情感之蝶在归途中迷失航向，会被它的神奇的力量紧紧抓住。我因此相信了凡高的向日葵和它那光芒四射的永恒的魅力。

伞之歌

浑身是骨子，却总是以温柔如处女的姿态，轻盈在风雨中。

哦，伞！风雨人生里，你的身影，常叫我感动得泪流滂沱。

与风押韵的，是风中之伞；

与雨押韵的，是雨中之伞。

在一些人头上，伞是一顶保护壳；

在另一些人头上，伞是一曲雷电颂。

读伞，最好远离伞，那样才能真正读懂伞的含义、伞的风景。

读伞是花朵的人，最好别走近伞，就像别走近突临于额际的雷电，而遭受一场惨不忍睹的悲剧。

读伞是夏日那片柳荫的人，一定没走过人生的独木桥。

有人陶醉，是因为他拥有一片世俗之云，一棵世俗之树；

有人嗟叹，是因为他看到了一篇黑色的檄文，听到了一首断魂之曲。

有时候握紧伞，就握住了人生的一根魔杖；

有时候丢弃伞，就甩掉了紧缠心灵的厄运。

将命运渡向明媚阳光的，可能是伞；

将命运驭向万丈深渊的，也可能是伞！

少年高跷方阵

像一朵正在歌唱的绿云，他们远远地向陌生的城市飘去。

一个由少男少女组成的绿色少年高跷方阵，踏着《童年》的旋律，在竹乡文化节节徽"百灵鸟"的引领下，从乡村，一步步走入这个城市最宽的路上。

25 副采自水乡杜竹园的高跷，沐浴青涩的晨曦，穿过市民惊讶的目光，神气地走向城市汉白玉铺就的中心广场。他们赶一个属于少年们自己的集会。

这个少年高跷方阵，给这个因古老而略生疲惫的小城注入一抹绿色生机。然而，少年高跷方阵有别于一支接受检阅的庄严的礼仪部队，他们可爱好动，当鸽子绛蓝色的咕咕声掠过高跷方阵上空时，少年们几乎都一律抬起头来，向远去鸽子行顽皮而生动的注目礼。

而此刻，这些高跷少年，真希望长高些，再长高些，他们飞翔的欲望，被鸽子的叫声抬高并带至云端。其实这些走高跷的少年呀，哪一个不想做神话里的哪吒，哪一个不想从地面轻盈飞起来，飞起来点数阳光下歪斜稚嫩的足迹。即便一个趔趄与高跷一起掼倒在地上，摔出一块块乌青，也会倔强地站起来，潇洒地抖落身上的疼痛，重新站在高跷的肩膀上，站成少年最美的风景。

石头·剪子·布

最后一班夜班车开动前，车厢里上来一对老年情侣。

上来的老年情侣像一对盲者。但他们手拉着手，在众人的牵引下，慢慢挪至只容一人能坐的老弱病残专座前，却没有一个去坐那个空着的位子。

他们用右手开始了默契的石头剪子布，而以各自的左手探索着去进行确认输赢。结果女人输了，男人露出得意的笑容，把女人按在了座位上。女人看似甜蜜地注视着男人，灿灿地笑着，同时接过男人身上的背包。

男人蹲在女人面前，温情地牵过女人那双青筋爆凸的手，默默地等待那个他们要下的站台。

薯类植物

为红薯歌唱，就是把红薯看作是我们的心脏。

在仁庄，红薯是我们习以为常的植物，是我们最美好的口粮。

从一根薯秧下垄开始，从一叶新萌的略带羞色的薯叶在风中摇曳开始，我们的期待，就像一颗刚诞生开始跳动的心脏，让我们全身热血沸腾。

干旱、洪涝、剪刀虫、贫瘠土地、缺钙的思想，所有这些，都可使一垄红薯地化为乌有。所以，红薯全部的温驯，全部的扭曲，因为不期而遇的秋霜。而岁月使你老练，赤红似火，并且终结抱紧自己的内心，等待大白于天下。

那时，我的两臂，恰如风中那阵雁鸣，最终颤作你最忠实的一条老藤。我砰然悸动的心灵，叠影于一只太阳般热气蒸腾的红薯。

水獭的故事

在仁庄，说起水獭，顷刻间，绕村一匝的静静的塘河水，就会颤抖得像个癫痫病人。

镇住孩童哭闹，只要说水獭来了；止住婆娘夜啼，只要说水獭来了；解散夫妻别扭，只要说水獭来了；让长者在弥留中醒来，只稍说，水獭来了，水獭来了!

村里人都知道水獭美得像晚霞。村里的光棍汉喜欢喊着水獭意淫。村里男人们都说水獭美得像狐仙。妇人们都喜欢喊着水獭对天吐唾沫。

那个叫秋菊的女人，或许为水獭附身，她把 20 双绣花鞋留在了水塘岸边，莲藕般去水塘里，寻找那只最美的水獭。

那天，秋菊被打捞上来的时候，只有秋菊的男人在嚷嚷："可怜的秋菊啊，得了羊癫疯。"

后来，他嚷着嚷着，居然把秋菊嚷成村里美得像水獭一样的少妇江水英。

水乡河是银丝线

穿一程红红的锣鸣，穿一船喜。

水乡河，是银丝线！

穿串串湿润的《渔歌子》，穿页页奶香的日历……

穿鲜鲜田田的菱歌，初夏的鲜嫩；穿密密匝匝的绿荫，梦中的葡萄。

母亲的影子菊花般瘦了，儿子的臂膀长江般宽了，宽成一派浩荡不已的新水系。

也穿一洞洞典藏的石桥，穿唐朝或宋朝遗落的纽扣；

也穿一挂挂珍珠，穿长坠子的红璎珞；

穿一片丰硕的田畴，是儿子的；

穿一块粗粝的墓碑，是母亲的。

水乡河，水乡河是银丝线；

穿慈母心，穿孩儿情。

踏来踏去的春天

这时候，一个姑娘把绿风衣随手扔向草坪；

这时候，一大群蚂蚁在绿风衣上踏来踏去；

蚂蚁是闻到春天的气息了。一群孩子，在草坪上踏来踏去，是否也闻着某种气息？

他们一会儿看看地，一会儿看看天；

风筝有一条腿，有二条腿，有三条腿，它们在天空踏来踏去。累了，在草坪上打盹。

天空许是感觉有些疼痛，生出一些乌青——胖墩的积雨云，朝风筝顽皮地压过来，风把绿风衣吹到了天上。

蚂蚁坐上直升机在天空打旋，一圈，又一圈。那些被踏来踏去的小草，忍着疼痛，慢慢地，在春风里直起了腰。

一朵没有来路的棉絮

是一小朵没有来路的棉絮，安静地在飞，安静得就像案头那块祖母绿玉石。

不知从哪里飞来。不知是被尘世玷污过洗白了的，还是有着天生丽质的处女的白。它棉花糖样的疏朗的质地，让我想起我的属相和前世。

它追着我的书桌飞，追着我的鼻尖飞，追着我的目光飞；

它甚至追着一只苍蝇飞，在它飞碟样灵巧的身子前，那只被吓的苍蝇逃遁了。

它还在我的液晶显屏上飞，它要成为一帧棉絮的屏显，或者背叛尘世，钻进电脑屏显，成为世纪病毒，引发一场灾难？

我左看右察，发觉这朵棉絮唯一的功能，只是飞。是的，它只是在飞，没有一张翅膀或一张羽毛，却自由自在地飞。

我真不知道它来自哪里——来自一只喑哑了一个秋季的刚豁开嘴的棉铃？还是一件被遗弃在垃圾堆里的破棉衣？或者是来自一个童话？

　　抑或是专门为了点亮我迟钝思维，而特务一样悄然潜入我的零乱的书房。

　　这样想着这朵棉絮的时候，我的心变得沉重起来，它让我的头，渐渐埋进了手中捧着那本仿若棉絮制成的诗集。

一个人的河

她的青葱的一生，与这条河有关，河的拐来弯去，河的清澈与混浊，河咳出的泡沫的灰白和暗藏漩涡的铜绿，都深深地、深深地装扮了她的多舛的命运；

甚至，一帘帘低垂的河畔柳丝，一枝枝湖笔样保持谦谦君子形象的芦苇，一丛丛扭起柔腰的少女般的水草和红菱，一阵阵起自麦田的似有似无的白毛风，全是她难以愈越的羁绊和难逃的劫数；

薄薄秋日里，那双空留在河滩的绣花鞋，到了春天，像两尾搁浅在沼泽地的红锦鲤，或者，两只迷失在茫茫人海的小舴艋，世俗的桃花汛，越来越急；

涨潮的日子，从抹了油的媒婆嘴角渐渐溜走。花样年华的你，一瓣瓣凋落于季节的尽头。你背负生命的十字架，河水一样渐行渐远，终于消失在黎明淡淡的血色里。

只有那些白鹭在河滩息脚，远远望去，像诗人随意丢弃的白球鞋，仿佛在等一个赤足披发的白皙裸女，哗地从河里起身，迅捷地穿上它，然后随光线飞去。

河水麦芒一样的光亮，急急照亮了黄昏难抑的羞色。

鹰爪在蓝光中翔舞

一只鹰爪，在闪烁的蓝光中翔舞；

一只松枝样的鹰爪，在滴血的天空，自由地翔舞。

一场幸运的灾难，使一条如闪电的鹰爪，爆响于我灵魂的天穹上，引发一场情感的太阳雨。

足踝上还有一只晃着锁链的铜箍！——是一只猎鹰啊，它飒飒的英气，鼓动我心灵的空气锤，沉沉地夯向记忆的回音壁。

是因了一种九牛二虎也拉不回的执拗！

面临在劫难逃的厄运，一只鹰爪坦然而悠悠地划过天际，划过沉默的呐喊和锁链嘶哑的叮当！

一只精悍得令人震惊的鹰爪，在天空翔舞，那是痛苦的灵魂，正在做一次幸福的涅槃。

永远的乐章

　　教鞭样削瘦的身影，是怎样将爱的音符大把地挥洒，赋予校园里花草，以智慧的灵性？是怎样将满腔热血，化成爱的暖流，滋润那片贫瘠的土地……

　　啊，老师，岁月终于使你变成不堪负重的老牛，在你奏完生命最后的乐章之后；在你以奉献为题，谱成优美的旋律，唱给春天的蜂蝶、献给秋天之大雁后，你积劳成疾的身子，终于倒伏在一架风琴上！

　　为什么，为什么你那双青筋暴突的手，迟迟不肯从琴键上移开？或许那架油漆斑驳的风琴，承载着你的抱负和夙愿？应该说，这台简陋的风琴，是你人生真切的特写！

　　也许，你谱写的生命乐章不那么铿锵，不那么辉煌，然而，小溪哭了，白云哭了，连平日一向沉默的大山，也响起阵阵松涛的唏嘘和山泉的呜咽。

　　崎岖的羊肠山头路上，脚跟挤着脚跟，人头攒着人头，黑色的哀乐，缓缓地回荡在幽深的山谷间。

　　那些曾经迷途的羊羔，那些在你的掌心扑棱翅膀的雏鹰，那些从丑小鸭翩跹成红舞星的白天鹅，此时此刻，心中无限的哀思，似泉水般奔涌而出……

你走了，你的悼词，恰似一首镶嵌在大山记忆里的灵性的山歌，弥散于四季青葱的乡野。

油菜花开

黄得让太阳流泪，让黄金羞涩；

黄得让春风打盹，让光阴寸断；

这些波涛般汹涌的好时光，仿佛是真正用来挥霍的；

这些步履细碎的女子，头戴爱情的皇冠，共享被太阳一再辜负的好时日；

这些被春天推至前台的人，有发烫的眼神和充耳不闻的天赋；

她们小小的裙裾，她们如兰的气息，也是灼灼发亮的。

这些春日幡然醒来的火苗，适合栽种于古老的广场，呐喊，燃烧，或者在燃烧中抢天呼地的呐喊。

而一朵油菜花，就是一座精美明亮的天堂。

那些不懂得挥霍的人，在时间的黑洞里，光线一样飞去。

与藤蔓对视

当藤儿驾着季节情潮，向风信子传输绿色情语时，一片叶儿就是一个在阳光里注册过的"伊妹儿"。

看啊，一条藤蔓骑上篱笆，像跃上爱情的青竹马，穿过老墙斑驳的阴影，优美地跳将下来。

来不及站稳，风一吹，那一浪一浪的绿就怎么也停不下。

阳光的鼓，在叶片上急骤地擂响！

藤蔓上，一张笑脸簇拥着另一张笑脸；一只手掌抚摸着另一只手掌；一片唇儿按住了另一片唇儿……嘘，别出声。

一根藤蔓扭动着苗条而充满情语的肢体，把一个又一个流蜜的秘密隐入春天的心房。

一根藤蔓啊，在劳动和美的陶冶里沉醉，在弥漫阳光味的大地上绕来弯去，多情缠绵。

谁家少女，在陌上扭动古典的身影，弯腰瞬间，她裸露的手臂被藤蔓的触须缠绕，竹篮里落满星星点点的红晕。

而此刻，一条藤蔓牵起另一条藤蔓，一朵花蕾点亮另一朵花蕾，连同少女胸前那被露水洇湿的花瓣……那可是千百年来江南水乡一脉充满灵性的生命的水系啊！

一根藤蔓固执地骑上季节的篱笆，梅花鹿一般奔向岁月的驿站，沿路洒满瓜果的芳香。

远　钟

近得不用耳朵，也能听到你远古如黄钟大吕的声响。

这黄金般的回声浑厚、激越，骑岁月之大鹏呼啸而来，在穿透百年孤独后，雄黄酒一般占领我们的血液。

近得只消用目光轻轻一磕，就能磕出遍地浮尘，遮蔽了生命的赤橙黄绿青蓝紫。

删去多少音乐的繁枝缛节，以及音乐外的浮华世俗，任季节之神无数次地加减乘除，总演绎不出你蓬勃的花事。

尊容貌似空洞，实质酷似天书。

即使，远你千年万年，心仍为你颤抖不已，仍为你无法摆脱头顶的羁绊祈祷，渴望在日月光华里狠命地叩击，再叩击……恍惚中，你正列队而至，火炬样点燃我们喑哑已久的激情。

其实，远钟不远，每一颗黄肤色的头颅，都是太阳系泛着黄晕的行星……

月下梨花

说到梨花，说到白色的超短裙，说到雪盲和晕眩；

说到晕眩和袒露，以及心迹里泛起的血潮。

说到那一瓣梨花，是遥无归期的天涯。

这容颜姣好的美人，往白往死里开的美人，它比忘忧草更容易受惊。它为风而泣，为雨而一地苍凉；

而满目的鸿爪雪泥，细细回味了兔起鹘落的惊悸，恰好暗藏了我浮浅的怨恨和细微的忧伤。

在暗夜谈论尚未开屏的孔雀

在暗夜，谈论一对开屏的孔雀是奢侈的，也是大逆不道的，或者说是极其无耻的。

因为除此以外，诸如爱情、女人、鳏夫，乃至渗血的欲望，乃至被扭曲的性，都可以大谈特谈。

包括那对格斗中互相猜疑、互相较劲、互相拔除对方最漂亮羽毛的孔雀，都可轻描淡写或浓彩重墨地谈。

在谈笑中，展示擒拿或格斗术，追逐和厮杀术……那最后一只被戴上皇冠的骄傲的雄孔雀，终于赢得雌孔雀赤裸的爱情，终于可抵挡住众人垂涎的目光，恣意鸣叫或纵情交媾。

白孔雀下雪，绿孔雀纵火，天空下着无数的刀子和绳子。

黑夜从云端垂下柔软的梯子，挂满整座森林。那时，整个森林成了纳粹集中营，除了赢得爱情的孔雀，其他有名无名的动物，都被狼嗥一遍又一遍缠绕。

蜘蛛把黑夜一网打尽

花朵的童年突然受伤，只能用阳光熬药，用月光养伤。

风在哑剧中失声，鸟的眼泪，是天空的纯粹部分，而此刻，却正在一瓣一瓣地凋零。

被五月拐走的女儿，臣服于天空的布置，从斑驳的篱笆墙角，走进夏荷的清香之中。

顺着村庄的垄沟，绝望的河鱼，在雨后溯流而上，它们瞪大镜头一样的眼睛，像村里的老鳏夫，倾情地用空洞的眼眸，拍摄村庄最妖媚的一部分。

暗哑的柞树林，像歌剧中的最嘈杂的情节，背坐于村庄，而昨夜新生的蜘蛛，正张开悬垂着唾液的大网，企图将黎明前黑夜，一网打尽。

终于说到梿枷

终于说到梿枷，说到在阳光下不停翻飞着的梿枷，多像传说中凄迷的蝴蝶。说到麦场，慌乱的麦芒和空洞的风车。

现在是五月，这些刚褪去青涩的麦子，这些在季节里劲走却依然从容的麦子，此刻，却屈从于镰刀明晃晃的暴力，被按倒在地，被捆绑，被打包，被扁担吆喝着一路押送回家，死囚样掼在滚烫的晒场，在明晃晃的烈日下示众。

从麦粒到麦穗，仿佛屋檐下沉睡过一个冬季的梿枷，是最合乎时宜的媒娘；仿佛不是逼良为娼，不是惨遭蹂躏，不是严刑拷打；仿佛从麦地到晒场，是真正的脱胎换骨，是莲花绽放喜悦，观音猝然转世；

仿佛不是褪除黄色袈裟，换上阳光的虚拟的囚衣；

仿佛真有三生劳役在等着它，真有惊世骇俗的大爱，需要蝴蝶一生的尖叫才可救赎。

属土的父亲

命相缺土，取名阿土。

土疙瘩的土，重金属的土，仿佛是为了悄悄抵消一些，找了一个叫珍珠的女人做老婆。

3岁死爹，7岁娘改嫁。只能从少地的绍兴，顺沪杭铁路，用一根榆木扁担，将生活的困顿，卸在了仁庄。

却遭遇了一头水牛的缘分——与雄鸡啼鸣一同醒来的父亲，在土不拉叽的一头水牛身上讨生活。

会飞的山蚂蟥，不时叮吸父亲的鲜血。孩童时的孤独，常常是——因了牛的骚痒，主动把满是疤癞的腿肚迎向牛的角犄，进行自戕！

父亲不是闰土，可他因贫困而虚脱的身子，饲养着无数形而上的红蚯蚓，他的灵魂的天空，飘满了亮着麦芒的麦垛。

心的碾子，一回回碾过浓郁的农事，那些叫春花的油菜和大麦，那些蚕豆土豆和毛豆，是父亲一生最疼爱的孩子。

说话哑口的父亲，走路低头的父亲，一旦双脚走上田埂，即便肩负重轭，也必然健步如飞。

　　年幼丧父的父亲，认日月为爹妈。每遇农事节气，他领着我们兄弟姐妹，在民国二十三年打造的那张张罗着酒菜的八仙桌前，进行虔诚的叩拜。

　　终于明白，父亲钟情于土地和庄稼的缘由了——弥留之际，正值仲春，从父亲忧郁的眼神里，我们终于读出什么，一个个去屋后父亲伺候过的那片青青麦地凝望，然后回来接上父亲的眼神。而父亲枯井般的眼睛里，一瞬间居然焕发油菜花样的神采！

　　终于，两日两夜滴水未进的父亲，喘着牛一般粗重气息的父亲，突然停息于手里一抔麦地的泥巴。

　　母亲说，父亲真正回到渴望已久的、生养他的故乡。

捉鬼的舅公

因有捉鬼的绝技，屯里人都叫他舅公。

一只萤火虫，可以是他罩住的野鬼；一只红蜻蜓，可以是他网住的饿鬼；一条绿水蛭，可以是他缠住的水鬼；一只花蝴蝶，可以是他擒住的色鬼……

一个如花似玉的新嫁娘，突然变成日夜颠倒的疯痴癫，喊来舅公，居然在她四平八稳的花雕红木床下，捉出一只可以装在瓶里的小狐仙，捉得家美万事兴。

民兵连长在仓库水泥晒场练习走正步，舅公突然大声嚷嚷，前面有……鬼，快让一下！结果民兵连长吃了十足的"狗啃屎"。

不明不白的鬼，装模作样的鬼，白天黑夜的鬼，五彩斑斓的鬼；

后来，舅公自己成了鬼，被人投进牛棚。

他劣性难改，依然为那些牛鬼蛇神捉起鬼来——

一个硬生生把自己的腕脉咬断的人，舅公为他捉半天的鬼，他终究没成鬼；

一个用绳套勾了十分之九灵魂的人，舅公为他捉十天的鬼，他终究没成鬼；

一个被骂成十恶不赦的魔鬼的人，舅公为他捉十天又半月的鬼，他终究没成鬼。

这回，舅公自己在牛棚真的变成一个结实如打狗棒的饿死鬼。

舅公死后，有好事者，琢磨起舅公捉鬼用过的机关——一枚缝衣针，一根鞋底线，一把旅行剪……

第四辑

收尾的人

大地的声音

西塘的一场曲水流觞

梦幻西塘。烟雨廊棚前，灯火恍惚。

"钱塘人家"的几碗雄黄酒落肚，竟让我微醺着赴了一场神奇的曲水流觞。

万安桥头被红灯笼映亮的"巷园客栈"曾为好莱坞大片《碟中谍3》拍摄地之一。而现在，我隐约听见西塘喘急的呼吸，看到一条悠游的乌篷船载着挈着美髯的袁黄。那一刻，他正"嘭嘭"敲响船桨，开启一场别样的曲水流觞。

这场春天的雅集，冠"桃花诗会"之名，用的酒盏也是"巷园客栈"的敞口深腹的鸡心白瓷碗。这会儿被身着唐装的女服务员一律盛了半盏雄黄酒，然后放荷花灯似的被推至河面，随喘急的桃花水，顺流而去。

最前面那一口印着"立命之学"的酒碗，到了烟雨廊棚下的香山居士面前，他像抢到头彩似的沉吟道："况临北窗下，复近西塘曲。筠风散馀清，苔雨含微绿。"全然不知在他后面有位陆宰相，正候在那里。

一会儿，印有"谦德之效"的酒碗，漂流到环秀桥畔的陆贽脚下，他炯炯目光，脱口而出："德宗以苛刻为能，而赞谏之以忠厚。"他曾力劝德宗下《罪己诏》，以实心行仁政，一时长安无恙，天下祥和。

在众安桥头的魏学洢，提一只"善"字的红灯笼，吟诵完《核舟记》，捧起酒碗"咕咚"一声，像是把家父那冤情之块垒吞下肚。

而人称丹丘先生的姚绶不请自来，只见他一板一眼吟诵《天人合旨》，像是为《秋江渔隐图》着色。

当晚，正值南社集会散会，正欲泛舟返回黎里的柳亚子，看见有酒碗歇在他面前，便就着芡实糕一饮而尽。

蹲守在卧龙桥头那位着中山装的，是电影艺术家孙道临，他边念叨《一盘没有下完的棋》的票房，边等"谦德之效"那口碗向他飘来。

夜未央。我醉着春风一般跑到永宁桥塅，正遇着"积善之方"之酒碗搁浅在河滩。我暗自备下"勿以己之善而形人"，想起此句是袁黄所作，不如用"九里湾头放棹行，绿杨红杏带啼莺"。正踌躇中，忽闻手机铃声，是西塘旅游中心信息提示。

备注：袁黄的《了凡四训》分别为："立命之学""改过之法""积善之方""谦德之效"。

五色杜鹃

一盆被命名为"地嘉人善"的五色杜鹃，以自然主义和超验主义姿势，从碧云花园上千个杜鹃盆景，数万株杜鹃花中，悠然胜出！

这盆五色杜鹃花，让我明白这不仅仅是幸福的花儿，这是沉甸甸的五色之花卉，正摇曳在淡淡的春光里。那些红色、橙色、白色、绿色和青色，在劳动的青枝绿叶间，叮当出一支五彩斑斓之交响。

我是无意间发现这个秘密的，愿把她看作一座用喜悦汗水铸就的雕塑……当欣赏过水红杜鹃、马缨杜鹃、百合杜鹃、问客杜鹃和锦绣杜鹃，再来观赏神奇的五色杜鹃，心中即刻升起云蒸霞蔚之况味。

生活的境像，缘于强大的基因，那些被水浸润的根脉，循着基因谱系图，带着固有的籍贯和胎记，抱紧被激活的信念，为春天构筑一座喜悦之花园。

疾速滚动的蓝

在杭州湾，它定然是怀了那只千年海龟王的孕，才滋生出如磐的铁石心肠，抵御着来自太平洋深处的罡风。

在东海波涛汹涌的洋面，每天默读日升日落，默读洋流、航海志、SOS，或者虚无飘渺的海市蜃楼。每一尾从金山嘴出发的鱼虾，在每年汛期来临之际，成群结队地从它身边游过，以海带般丰饶的喜悦，去美丽的舟山群岛漫游。

而大海的内心，水母似地跃至风口浪尖，开出无数祖母绿的花朵。那些红喉潜鸟、黑脚信天翁、小军舰鸟、海燕和海鸥们，像神奇的鼠标，在洋面渐次点开天空精湛的蓝。

这抵御太阳疾速滚动的蓝，发出浩瀚而辽阔的低吟。

袖珍的姐妹

大海一定是位孤寂的姑娘，在潮涨潮落的喘息声里孤注一掷，奋不顾身地向杭州湾喇叭口的狭窄处，奔突，再奔突，那呈扇形状的越来越喘急的呻吟，一浪盖过一浪。

而大金岛、小金山岛、浮山岛，是杭州湾休戚与共的三个袖珍的姐妹。

因为袖珍，有人把它们当成三颗祖母绿的棋子，出其不意地，下在大海诡谲多变的海浪的棋盘里。

在金山嘴渔村，有人对它们的美色觊觎已久，乘着三分黄酒的醉意，借着七分月色的朦胧，把不远处的它们，说成是浸淫于杭州湾潮汛的三潭印月。

这样说，是有足够理由，他们不是绔绔弟子，而是一群经风浴雨的赶海人。

他们也是一群有背景的人。

他们的背景，不是神奇威猛的海龙王，而是市政府刚出炉的规划海景图。

神明之灯

是渔民心中的一位祖先，或者妈祖。

总是在晦暗那一刻，突地亮起一盏神明之灯。

毫不夸张地说，它是位正在站岗的好交警。它将暗礁、潮涌或风暴，翻译成特殊的手语，打入航海者的心坎。

大金山岛、小金山鸟、浮山岛，是三盏醒目的航标。

它们用灯光互相缠绕，互为航标。

不仅在金山嘴，它们在洋山甚至在陆家嘴，也是航海者心的罗盘里闪烁的航标。

但它们不张扬也不奢华。虽然，它们都有一颗野鹤般闲逸自在的内心。

渴望被茫茫的黑夜消费，更渴望被思念的船队收编，它们一刻不息地采集日月之精华，汲取涛声的营养，始终饱满且鲜活着，如永不倒坍的世纪之灯塔！

赶海人的梦

　　大海是饱经沧桑的老渔夫，他飘摇不息的航程，随季节更弦易辙。

　　谁能明白？被飓风卷起的排浪中，哪一簇会挣脱海的羁绊，鸟鸣样飞入我的眼睛——

　　那是带骨的盐啊，是时间之碎片，是天空坠落的昨夜星辰。

　　还有，踱步于海滩的白鹭和海鸥，可是月亮周而复始的梦？

　　当我涉过这边海滩，不带走一粒砂子，而潮水正相反，它带走了我心中淤积多年的泥沙。

蚕是一个仙

我是说，一条蚕就是一个诗仙。

初来乍到，进入蚕匾之私塾，潜心读一片片桑叶的圣贤书。

七七四十九天是一个轮回，却不考秀才和进士，也决不做举人。

而囤养于腹腔的一千米涵养，全是李太白的白，晶莹似一首送别诗灼亮的诗眼。

夜访程开甲故居

酒足饭饱后，有人带着我们这些略显醉意的诗人，去叩拜程开甲故居。

这幢民国时代的老房子，像个凝固在盛泽时空里的一个爆心。

这时，有个大学读物理的本地诗人，用手机摄下老屋的客堂、厢房和积满蛛网的灶披间。

有人反复揣摩窗棂的木质纹理，试图找出程开甲出生时的那声嘹亮的啼哭。有人斗胆攀爬一张快要散架的老木梯，登高望远，说是望见了浸在东白漾里的月亮。

更多的诗人用矇眬的醉眼，测量小程开甲的顽皮和机智，测量洒进深深庭院那细碎的星光，以及西斋美孚灯下曾经夜读的时光；

测量从英国爱丁堡，到罗布泊红山的距离或落差；

测量从绸都走出的矮个子男人，如何迅捷地闪进那朵巨大的蘑菇云，编织大国重器威猛的经度和纬度。

后来，诗人们惊诧于客堂前楝树上的那个鸟巢，有人说有拿铁咖啡的味道，也有人说闻到了金属铀的气息，却无意间惊飞一只蓬勃的花喜鹊。

蚕的一场圆满

　　这些马面羊身的小和尚，经过七七四十九天的修行，个个满腹经纶；

　　个个功成名就，功德圆满；

　　都在一个个椭圆形的果子样的梦里，禅定，圆寂。

祈福之人

祈福的人，双手合十，向上苍跪拜，用高贵或不高贵的额头，叩响一个短暂的时辰。

祈福的人，向日与月叩拜，向生息的土地跪拜，一下又一下。

在龟裂的谷场祈盼天降喜雨，在慈悲的佛堂祈盼子孙满堂，在苍茫的旷野祈盼风调雨顺。

祈福的人，米碗上插上蜡烛，在案前点起香火，像接应神明一般，持一片虔诚之心。

祈福的人，看见了福如东海，看见了瑞云满天，也看见了甘霖普降。

春天的潜网

那些银色潜网，其实就是一种叫爱情的水母，在嫩芽初生的水草下，一张一弛；

这些经络般的水草，像它们可爱的妈妈，而潜网，是母爱里一砣砣最诱人的奶酪；

"噼叭噼叭……"，暧昧的鱼塘，那些互相较劲的水草，雷管般引爆一场关于春天的爱的情潮；

鱼兜银亮，渔歌子闪烁；

而情歌，在水下依然嘹亮。一尾尾乌背的鲫鱼，互相追逐，互相嬉戏，将交媾的快乐，暴露在初春的湖面，心甘情愿地，陷于一口口柔情似水的潜网。

瓷器的眼睛

精美的瓷器，排列成队，鼓号在酒香里骤然响起。

这不是祭祖，是一些美好的麦子失去了贞操，一如孤独失却了最初的梦。

火的烈马点燃了平原，平原伸出河流的双手，交替放在宽广的胸前。

爱情的腺体，挤出了一个又一个孩子。而瓷器的雪塬上，奔突的马群，一路上留下多少黄昏。

银碗撒盐，白马下雪。那"得得"的马蹄，载着那一个哭泣的冬天。一些骨折的桉树林，不再拦截狂野的北风。

女人们一律亮出斑斓的翅膀，一如爱的灵蛇将绿色的蛇信，探入一瓣梅花的私处。

杜家坟

怎么看都像一张用旧的棋盘……在仁庄，有一片叫杜家坟的墓地，它四面环水。那些新添的坟堆，白子黑子一样，下着永远没完的棋局。

一棵硕大的榆钱树，像一名公正的裁判，又像一位慈祥的老人，日夜看护着这场残局。

最早的杜家人，在一条写着"杜"字的经幡的引领下，把咽了气的最早的族人，扛过一座单孔小石桥，送进桑叶青青灌木遍地的杜家坟。

如果有人过世，总有一位须眉皆白的长者，将一根老式的榆木扁担正午一样竖直，它自行跌倒的方向，就是为刚去世那一个人灵魂安息的方向。

后来，赵钱孙李，七大姑八大爷，白子黑子般下进了这盘古老的棋局。

不论高贵低贱，不管亲家怨家，断腿缺胳膊也罢，镶金牙长兔唇也罢，甚至，连牛鬼蛇神，连地痞流氓，连孤魂野鬼也一一收容。

绝不辨宋元明清，文曲星还是扫帚星——像那棵扶桑每年接纳桑葚一样，慈悲的杜家坟，来者不拒，一一将死者揽进自己的怀抱。

干鱼塘

抽水机不断地抽着水。

矮下去的鱼塘，像一具被吸干血的尸体。皮包骨的鱼，骨包肉的蟹，顶着长矛的虾，还有被时光锈蚀的、辨不清去路和来路的肋骨，像耶和华丢失的手杖，均大白于天下。

那些打诨插科的人，那些浑水摸鱼的人，此刻，早已不见了踪影。

对一片落叶的怀念

飒飒的风中，一树行将枯黄的树叶，在风的鼓动下，突然生出无端的念想：跳伞，跳伞，跳伞！

在绿叶对根的念想里，天使般回到大地的怀抱。

欣喜地看大树萌出新绿，渴望在雨的陪伴里进入泥土，返朴归真，兑现神圣的诺言。

而你站过的地方，此刻枝丫疏朗，空气澄明，适合未来的又一个花事，在布谷的叫声里灿烂绽开；

或许，你是大树繁茂的缘由；毕竟你曾扛起春雷的使命，从一个季节走向新的季节。

真想再抖精神，即便作一个极细切的低音；真想与这棵大树一齐进入一个鲜亮而果香四溢的时节。

然而，当新绿汹涌于你曾谙熟而亲切的枝头，你义无反顾地选择告别。

但你仍不失是大树的一部分，当你枯瘦的身影叩响泥土的芬芳，回眸间，一串长长的夕阳的光晕爱抚般照耀你，令你质朴的思想，闪射出黄金的光泽。

多情的菱角

我所知道的菱角，是从父亲手上撒出的一些乌金样的东西。一个个极具灵性地潜入水中，潜入塘底，像是一群离群索居的被放逐的难民。

但水的温情和包容，很快使它们焕发活力，在水下淤泥里潜滋暗长起来，亢奋在水的宁静和澄澈里。

天生丽质难自弃啊，菱角河仙般的魅力，足以令这个与它难分难解的河流，迷失于天空般的绿色里。

起初，那些轻盈透明的菱歌，是以幼芽的形式节节向上的，向上，向上，再向上，汲阳光的精气神，拓一条条柔韧而神奇之水路。

在江南，比村庄还古老的是菱角；比月亮还年轻的也是菱角。

在江南，得不到菱歌抚爱的河流，不算真正的河流；在菱角潜滋暗长的绿色氛围下，即便是德高望重的蚌王，也会生出一片超越浮力的轻盈。

我要说，菱角的历史，就是一条河流的编年史……在与一粒菱角对视里，会极自然地读出养育菱角的那条河流的喜怒悲哀、荣枯兴衰，甚至，还能读到菱角的过去和未来。

我还要说，一颗优秀的菱角，一旦投入一条河的怀抱，这条普普通通的河流，注定会烂漫出古老传说和时尚的神话！

儿时的春晚

铁箍滚啊滚，洋片砸啊砸；高跷走啊走，踢皇踢啊踢。

将皇宫草草地布置于操场，最后那个叫皇的格子，用童稚的足尖，一下一下，亢奋着去抵达。

这时，一块来自野地的溜滑的陶片，比皇帝更讨宫女的欢心；

这时，要是遇上一场淡淡的薄雪，一面竹筛和瘪谷的迷魂阵，就是馋嘴雀鸟们最后的年夜饭；

这时，经年的塘水被抽干，潜藏在日子里的乡恋情事，大白于天下；

这时，那沓黄色纸钱刚被引燃，失散多时的十八代祖宗，一溜儿在酒盅前落座。

那些叫高升的炮仗，刚爆出粗口，便迎来了灶神财神和喜神。

耳顺之年

耳顺之年，耳朵是多余的，嘴是奢侈的。

耳顺之年，只谈天高云淡，不谈夕阳西下，更不谈皓首和风月。

越发近视和远视的眼睛，似乎是重生的一对孪生的凤凰，栉风沐雨，朝南或者落北？都不重要。只是在最后，静静地栖息于，自己僵硬颤抖的指间。

耳顺之年看太阳，太阳是个淘气的孩子；

耳顺之年看月亮，月亮是个散漫的舞台；

耳顺之年看岁月，岁月就是变脸的川剧；

耳顺之年看日历，日历便是难逃的劫数；

耳顺之年看苍天，苍天像是待耕的田垅；

耳顺之年看大地，大地成了打开的天书。

最不愿看见，那天上的北斗，那因秤过无数日月的大钩子，像极了垂向人间的、勾人魂魄的药引。

马的研究

一匹马不同于几匹马；

一匹马就是一匹马。它多疑、怨恨、妒忌，自暴自弃，整天以发情的姿态跟自己过不去；

两匹马，即使是露水夫妻，即使在皇宫溜溜的跑马场，获得最廉价的喝彩，即使其中一匹得到了皇帝的箭牌，两匹马终究相安无事；

三匹马就不同了，像中国式家庭，或者像第三者插足。四匹呢，那一定是兵马俑前面，并辔而奔的神马；

五匹正适合一场酷刑！

六匹，七匹呢，便是马群，或者风景，适宜豢养，偶然放风，就会得得地去追逐季节闪亮的雪线……

而身旁，那排灰色的马厩，却典藏着一盏早已喑哑在某个朝代的马灯。

风　车

　　一辆风车静静地站在秋天的谷场上。

　　一辆古朴的风车，守住自己柔软的内心，它像一头暮色里反刍夕阳的老黄牛，将岁月金黄的思想，沙沙地放飞在八月的晒场上。

　　风车是极耐得住寂寞的，经历了冬季、春季和夏季，它将形而上的衷肠，深藏在极有气度的胸腔，偶尔发声，满嘴都是粮食的芬芳。

　　风车心直口快，是敢说敢当和廉洁自律的典范，它得心应手地摒弃虚无的年华；虽与粮谷难分难解，却始终保持清贫的本色。

　　瘪谷似的岁月被风车远远地甩在身后，欢快饱满的日子优美地来到我们身边。

　　我们因劳动的欢快尽情舞蹈在黄金的谷场上。

　　风车的歌唱是谷神的歌唱，我们用激情的阳光为它搭起最好的祭坛。

　　风车的欢鸣是女妖的欢鸣，我们用秋收的狂欢为它献上最好的唱和。

　　而现在，对一辆风车最好的怀念方式，是登上金字塔一样的谷堆，在夕阳里伸出手臂，做一株足月临盆的幸福的苞谷。

麦子在阳光下疯长

走进麦垄，我看见，所有的麦子正以阳光的方式疯长。

麦子撒进土壤，一如阳光深入农人心坎。

这片沉睡已久的土地，麦子的萌芽，一如候鸟飞越季节的封锁线，艰难却不可阻挡。

我说麦子，当你从季节的轮回里，一跃回到我们粗糙的手掌，我们就像迎接游子归乡般，泪眼婆娑，激情难抑。

经受了霜雪的摧残和冰冻的严刑拷打，经受了凄风苦雨生死未卜的悲欢离合，麦子终于回到我们中间。

真的，当你以阳光的方式，将金色的爱情蓬勃地指向天空，我们就开始准备月亮的镰刀，蘸着五月的星光，嚯嚯地把你吟唱。

父亲的黑色幽默

选择回家之路，是因为一纸苍白而无情的诊断。

更为了父亲九牛二虎也拉不回的脾性！

我们兄弟两人噙着泪，送奄奄一息的父亲，回到劳作一生的小村，一个屋后遍植桑麻水稻、屋前莲叶田田的江南古典的小村。

赶在父亲最后的日子尚未来临之前，母亲领着我们兄妹五人，为节俭一生的父亲准备最后的衣被。

滴水不进的日子已有两天，却竟然得到老天特别的垂青，连续干爽的天气竟下起了潇潇阵雨，这给干咳不息的父亲些许安慰。

第三天早上，有一团白云浮现在父亲床边的小窗外。那一刻，父亲那枯瘦如柴的手，从床边痉挛着伸向正为父亲絮寿被的母亲，褐色的厚嘴唇歙动着说："不用这么多，不用这么多，你看天上有这么多的棉花……"

多好的父亲，在当他走到生命的尽头，还惦念着，要为我们省却那一小撮洁白的棉花，更不忘，在我们强忍悲痛的时刻，捧给了我们一场黑色幽默。

黄昏的默片

父亲就着八仙桌喝着他喜欢了一辈子的高粱土烧，边与我闲聊——天气、学业、足球和漏气被他整好的双喜牌压力锅。

压力锅正哧哧地冒着热气。

母亲从蒸腾的热气里脱出身。她刚煮好饭，只过来朝父亲瞄了一眼，父亲立马将烟头掐灭，从橱柜找出手套戴上，去整高压锅里烧熟的芋头排骨。然后，母亲拿着锅去洗，父亲坐回来，点燃剩下的半截烟，继上话与你闲聊。

中途父亲与母亲两人一言不发。

黄昏的灯光有着水银和丝绸的质地。

挥舞铁锨的人

闪烁其辞一番，他亢奋地说："为了不辜负肩膀上那柄铁锨，得照准地上一个小土包，硬生生掘出了一个坑。"

这不是万人坑，而是万蚁坑。看倾塌深陷的那一丛墨绿，和一窝儿慌乱四窜的蚂蚁，他激动得像刚得到一笔横财的土财主。

是的，他改变了一片有点荒芜的野草的长势。

这么野性的一锨，这么任性的一锨，村庄的脸儿变了。要是雨天，四处奔跑过来的雨水，便再也难找到这个小土包。

而且，冬天的雪花飘洒过来，也会迟疑片刻，才肯缓缓降落。尽管，有缘无缘的雨雪，有些浅薄，但最终却会埋没那个挥舞铁锨的人。

这随性的一锨，这发情般的一锨，让天空与大地的距离越发远了。

而一生蜗居在这里的可怜的蚂蚁，劈面看到的，是一个地覆天翻的家园。

咀嚼阳光的神马

牵匹马儿在阳光下，在洋槐、紫云英、油菜花和各色无名花儿的簇拥里。

五月的阳光下，手握缰绳的骑手，他奕奕的神采告诉我，阳光是廉价而肥美的美食。

每天，他用粗砺的嗓音向每个过路的行者，絮叨他的美好情事。

经过光的洗礼，我的马儿丢弃了马族与生俱来的狐疑和愤懑；

我的马儿，有着电的热烈和多情以及火的豁达的内心。

季节的缰绳，有形或无形，那一刻，我的白马儿踌躇不前，别离的酸楚，被花季的潮汐席卷殆尽。

一座又一座村庄，一滩又一滩花海，一片又一片原野，被银色的马鬃点亮。

迁徙，再迁徙，恍惚中，身旁陌生的马樱树，像披挂上阵的士兵。

而我的马儿，是易碎的水晶瓶，离别的语言披满健美的身子。

我的马儿，是自己的英雄，更是自己的敌人，一如蜂族的天敌，是梦中那只大腹便便的松鼠。

快乐的理由

星期天，家里来了个贵客，是个功成名就的商人。

他从头到脚，满身名牌，身上最便宜的家什，竟然是 5 万元人民币一双的船形鳄鱼皮鞋。

见他郁郁寡欢的神情，我问："你事业有成，身体健康，一切都好吧？"

他说："啥呢？有时我想，这是我期待已久的生活吧？可我每天开着宝马回家，却情愿呆在车里玩微信，回家也不想吃饭，吃了饭也不想睡觉。"

"有什么事让你耿耿于怀？"我问。

"让我耿耿于怀的事，就是赚钱——这是我唯一快活的方式！"

他终于说出快乐的理由。

农具经典

都是我人世间最好的兄弟啊！

这些耖啊犁啊锄啊，镰啊镢啊斧啊，锹啊担啊；这些磨啊砻啊碾啊，杵啊臼啊盘啊筐啊。

这些吞吃日月的风车，这些扁打岁月的梿枷，这些量入为出的升斗，都一一记着我。

而我几乎全忘却了它们，可今夜，它们一个个找上我，有些怯怯，有点腼腆，仿佛似曾相识，仿佛把我当久违的情人。有的把扁担扬成孙大圣的棍棒，不怎么友好地调侃我，奚落我的伪善和虚荣。

那副积满蛛网的木轭，还牵出了高头大马，还原了仁庄日出而作日落而辍那平淡如水朴素如土的旧时光。那头熟悉我身上胎记的老牛，要我承认：世上最好的东西是牛粪，要我尽情歌唱，干牛粪好啊胜过红太阳！

哎哎，我真的闻到农具经典的气息了，一点汗水味，一点牛粪味，一点太阳味，并且一下子塞满我记忆中的每一个细胞。

不可否认：我的疼痛是农具的疼痛，我的悲欣是农具的悲欣；

难以忘怀：这些长短不一高矮不等的农具，这些粗糙得近乎于丑陋的农具，曾是我的春夏秋冬，它们与我的身体咬得那么紧，它们简直就是我的大脑和四肢，我的心跳和呼吸！

　　那些翻土开地的犁、粉碎泥巴的耙，那些松土保墒的耱、压土平地的碌碡，那些灌水的辘轳、播种的耧车；

　　那些颠起麦粒的簸箕，那些转起歌谣的风车——什么时候从我的心的苍穹里，星星样隐去？而今夜，竟然麦芒般穿透我思念的梦，朝暾般显现。

收尾的人

那个夏日，我的外祖母，在空落落的田地，寻觅被遗落的那些谷穗。仿佛她豁口的牙床，正在寻找早年走失的那些牙齿。

那些追赶季节的男女，弯垂着汗湿的身子，用成捆的稻子，去喂成天亮起嗓门的打稻机。

戴着帐篷的打稻机，像一位神性的老者，领着木偶样的男女，大干快上。却懒得去想一下，齐唰唰吃掉的，是一些怎么样的头颅？

而我的外祖母，远远地，被甩在吐着烟尘的灰色打稻机后边。

她像季节不屑于收割的一棵稗草，干着那些自以为是的人尚未干完的事。

许多事情，开始干的人，多如蝗虫，后来，便成了一个人的残局……

水边的磨刀石

一个八月开始了，这个八月模仿去年的八月。

那些镰刀叫得多么欢畅啊，那些镰刀，已经不是去年的镰刀了。

那些镰刀熟悉通往爱情之路，熟悉用光亮捕捉我们内心的激动。

其实，秋日里最动人的声音，来自一块粗粝而坚硬的石头。

这所向披靡的镰刀，以水为媒，在一个稻香四溢的清晨，袒露它的内心，将一个点墨成金的节令，一波一波推向高潮。

是因为欢悦而呻吟，这把在屋檐下搁置了太久的镰刀，在等待和守望中，成为爱情最好的象征。

一个八月开始了，那么多赤裸的时光，躺在如水的天空下。

秋之声，到处可闻。

桃花诗会

诗人们赶着桃花汛，直奔桃源小镇，看红红黄黄的积木一样的楼盘。

一汪喷泉在桃源广场，哧哧哧哧表演着一只阳刚的大蘑菇，并且一点儿不羞涩地说着只有诗人们能听懂的话。湿湿的气息弥漫开来，令诗人们有了游鱼的感觉。一下子就游到桃源小镇的售楼处。

售楼姑娘说，桃源小镇的每一个住户打开下落地纱窗，均可收获一棵盛唐年间的老银杏，顺便得到一盒红木装的在石佛禅寺开过光的银杏叶！

这时，老银杏迎着春风，一个劲地呵呵地笑。笑着的老银杏，身上摇落的银杏叶，居然变成桃花诗会的会标。

售楼小姐灿灿地问："谁说过，面朝大海，春暖花开。"有人说，是石佛禅寺明臧法师说的。又有人说：是《红楼梦》贾宝玉说的。看楼的诗人，都笑成了桃花。

诗人们嘻嘻哈哈，胸佩桃花符，怀揣桃花诗，穿梭于桃花映掩的别墅，直嘀咕："谁有胆量住在桃花源？谁又坐拥桃花云，心儿不乱？"

桃花依旧

柔软的风在枝头欢快跳跃，心中虚拟的桃树，纷纷披上忧伤的花事。

多么美丽，这群内心透明的红鸟，引领春天巨大而惊险的美，点喙开春天铺天盖地的芬芳。

比阳光轻盈，比蝴蝶真实，比爱情大胆。大片的阳光，嫩嫩地、湿湿地开……不停地晃着童谣般的笑脸，窥视或打量。

全是粉嘟嘟的唇啊，却怎么也唤不醒这个房屋洞空、鸡犬不闻的村庄。

不笑痴情的春风，一如早已像被桨声遗忘的扁担浜，沉沦在往日的春梦里。

只有桃花仍旧，用透骨的香，完成又一次无与伦比的飞翔。只有桃花守口如瓶，不动声色扼守住内心的颤栗、朴素和纯洁。

踢皇游戏

你画一个田字格，我画一个田字格，再用瓦砾之笔，把它们连成一个虚拟的皇宫。

收起你的一只脚，用另一只脚，在田字格里踢！踢！踢！

脚尖前那片小小的瓦砾，轻盈地从太和宫滑入紫禁宫。

童年叫不上这宫那宫的名字，只晓得最后那个最大的方格，是皇气十足的正宫。仅用一只灵性脚儿，和一块普通的瓦砾，就可以神气地向皇宫杀去，并且最后可以神气地对伙伴们宣告：我做上拥有三千佳丽的皇帝老儿啦！

顺利时，三下五除二，就能当上万人之上的皇上——这样丰厚的诱惑，谁能拒绝！这样充满刺激的角逐，谁又会轻易放弃！

所以，这样的角逐总是一场接一场，而童年的欢笑，总是随那片神性的瓦砾，而潮起潮落。

做皇帝可不容易！每一条格子线，都是比宫墙还要森严壁垒的红色警戒，且没有出墙的宫柳可以随意攀扶。

做皇帝可真容易！省却令人讨厌的前呼后拥，省却磕头朝拜的繁文缛节，全凭自己那只脚丫的使然，全凭不怕犯错的少年气盛和年少轻狂。

是的，在没有网络的年代，我们用一点点童稚，在操场画一张游戏的网，打捞属于我们那个年代独有的欢乐。

推土机要去天上推太阳了

推土机像只笨重的昆虫，在江南的雾霾里跳着佳木斯舞。骨节转动，发出巨大的声响。

"推土机要开到云上去"，5岁在上幼儿园中班的小蝌蚪，骑在父亲的长脖子上嚷嚷。父亲无奈地耸了耸肩，转头瞪了一眼小蝌蚪。

推土机有9辆，像9个壮硕的士兵，突突地开进大路朝天的村庄和村庄里最后一块经典的大晒场。

那些曾经象征村庄威仪的一个个制高点，悲喜交加地接受推土机的蹂躏。

先用尖齿的巨铲，把一小块桑园推平，再把在北风里唏嘘的竹林推平，然后把村北一个个无主孤坟推平，最后把只有野猫陪伴的宗祠推平。

那些卸掉门窗的楼屋，像江南蚕娘空濛的泪眼，无奈地等着推土机，在长驱直入后，刁蛮莽撞的一击。

"推土机要去天上推太阳呢！"骑在父亲脖项上的小蝌蚪，扯着父亲的耳朵，顽皮地说。

为消火栓造像

始终保持红色的警觉，在街头巷尾，数十年如一日，恪守一种钢铁般的职责。

矮小而墩实的模样，恍若一条正在修炼的龙。

探出地表的龙头，有着不卑不亢的模样，既不羡慕那些拔节的大厦，也不羡慕街上眼花缭乱的流行色，更不像那些阿谀奉承的银质的自来水龙头，喜欢用潺潺的情语，去迎合主人啧啧的称赞……

普通日子，你蹲守在车水马龙的街角，听街市的喧嚣时涨时落；

更多时候，你按捺住自己固有的情潮，回味水与火漂亮的角力；

只有耐得住寂寞与煎熬的钢铁，才配浇铸你的使命！

在漫长守候中度过一生，在平凡岁月里显示崇高。

而当警报蓦然响起，当飞奔的水带扣住你的前胸，你以巨人般的豪迈，向世界发表宣言，一如仲夏那场撼天动地的暴雨。

你全部的守候，就为了那场酣畅淋漓的闪亮登场。

那一刻，你是一条真正的气贯长虹的巨龙！

我本是一座土得掉渣的土城

说来奇怪，喝了这么长久的自来水，在都市的五光十色里打摸爬滚几十年，身上的泥腥味，却越来越浓——

缘由莫非是，从小打赤脚在田野疯癫捉泥鳅掏螃蟹，喜欢吃野荸荠啃野芋芳嚼鲜多汁的野茅针，交多了草鹅草鸭小羊小猫这帮狐朋狗友，放学要割满一篓狗尾巴草捞满整筐东洋水草，身穿棉土布衣裳脚蹬麦糊儿黏的千层底。

甚至，我还记起了最爱五谷杂粮的陋习，特喜欢土不拉叽的土豆高粱和米酒。

我本不是净过身的太监，而是一座天生设防的土城——我头颅的城门，亮起土味浓烈的两只红灯笼。我有单薄的胸腔和猥琐的容颜，并不宽厚的嘴唇，一张启，便是一串野葡萄样的绍兴土话。我笨拙的四肢在七彩的城池里，老是辨不清方向，心里渴望一阵清亮的蛙鸣和水鸟亲切的教导，盲人一样将我认领。

下一站

接踵而至的下一站，是我们将要抵达，最终又难以抵达的驿站……

下一站是无尽的逗号，是乐谱里永远的延长符；

下一站总是姗姗而来，又悄悄而去，又像跳跳棋一样，在远方展示一片迷人的风景。

需要追随而去，摆脱荣誉的花环和自满的羁绊，在青春的血潮里将锚甩向远方。

远方，有更迷人的风景！在阳光下吹出绚丽的肥皂泡并且透过它七色的光环作欣赏状，或者躺在誓言的十字架上等待时间的软卧车将你载向远方，是万万不足取的。

重视过程的人，即便无法抵达既定的目标，一路过处，每个坚实的足印里，也会摇曳出迷人的景致。

诚然，那些过分重视目标的人会将目标看成终点，而那些重视过程的人，将目标仅仅看作是人生旅途上不可多得的驿站，至于成功或者失败，只是他们整个生命历程中小小的插曲。

血印和尚

那一晚，整个城郭尸积巷里，血腥溅天。

风高月黑，众倭寇嚎叫着，将数十名年轻村妇绑进城西一座破败寺院内，嘱老僧在山门殿前严加看管。

"阿弥陀佛"，老僧双手合十，嘴里喃喃。

待众倭寇去鸳鸯湖红舫里逍遥，老僧用茅刀将绑在妇人手上的绳索一一割断。

跑了和尚跑不了庙。老僧索性盘起双腿于殿前坐起禅来。午夜，老僧遂被绑于山门殿前那根石柱上，等待倭寇用殿堂里的烛火，点燃了柱下那一大堆干柴。

"阿——弥——陀——佛"，老僧面对勃然大怒的刽子手，眼里流泻出愤怒的火苗。

老僧在最后的痉挛中，变成石柱上一个血色人影。

"救人一命，胜造七级浮屠。"

一个傻子在立交桥口

　　每天上班过立交桥，总能瞅见一个傻子，在桥堍，用左手打老式的"大哥大"，右手高举一块上面有"处长欺侮我小姨"字样的红木牌。

　　这是早上的好时光，上班族把各式车辆，缓缓驶入流线型的立交桥口。

　　只有他，穿一件被卸掉肩章的老式呢料制服，像一个痴情的守桥人，呆滞的目光里，全是南来北往的客。

　　一辆又一辆轿车，把车门摇紧，躲避他，仿佛他是永远的病毒感染者，或者是一句灵验的诅咒。

　　执法疲劳的协警，蹬残疾车的老哥，收废品的大妈，骑单车的情侣，一个个把头转向天空，仿佛天上有黄金的鸽子在勾引他们。

　　但总有几个，过后会回望他一两眼。如果是一对情侣，过后又恢复打情骂俏。

　　有知情人悄悄靠近我说："这个老汉啊——木牌上写的小姨子，实是他曾经的妻子！"

松　开

终于松开了，难捱的午夜。

松开铜绿的时间和月光的悲悯。

她的影子急遽地向森林外飞去，像一场起于青萍之末的飓风。

她发动了森林里所有凶猛的禽鸟，向自己孱弱的内心一寸寸包抄。

最后，她松开被寒风吹散的长发，以及那颗停留在夜莺嘴边的露珠。

一天就这样过去了

陌生的奔驰车冲破铁皮隔离带，蹿入屋后的水田却迟迟不肯熄火。门前的旅行社的乌篷船又折了桨。

这是晌午突然发生的二件事。

那一刻，我正用童话的小米粥喂 78 岁的老母亲。

奔驰车主一边报警一边找来了一根结实的粗麻绳，求我和妻子帮她使劲地一拉。结果，绳子断成了屋顶上散漫的炊烟。

太阳在西边的火烧云层咧开嘴，乌篷船已换了榆木桨。

蜜蜂们正驮着洋槐蜜，飞回香气馥郁的蜂巢。

邻居家的 5 岁的小外孙，顽皮地模仿陷在泥里已经熄火的奔驰车，在门前的一个草垛里呼呼睡去了。

一天就这样过去了。

一位诗人撞见一间阳光屋

春风又绿，杨柳风依旧柔媚撩人，正是江南好风景。

一位诗人撞见一间阳光屋，顷刻间，屋子变成水晶体，像达利的油画《永恒的记忆》中那口变形的时钟。

这间质朴的阳光屋，柔软温馨，通体透亮。

天使的容颜，贴近泥土。

缓缓向天空打开，如向日葵的梦，在你看不见的地方。

梨花般的梦境，月色一样流淌，多汁而甜蜜，前卫且时尚。

虔诚的居所，开成记忆的笑脸。

像黑黝黝的骏马，驮起亿万个太阳，驮起三月细微的娇喘，"得得"前行。

与黑夜里繁衍出的光，押同一个韵脚。

她在孤独里升华，在季节里辗转，释放热，释放爱之火焰。

她是站起来的蜂蜜！是太阳的宫殿和电的故乡。

根植乡壤，发出高贵的光芒。

大口大口吮吸阳光的蜂儿，是她养不大的娇女。

一张纸的悲哀

先不说它的容颜，它的高贵或低贱，它的出身和来路。

也不说薄薄的身体里，掖藏着的谁也看不见的花开花落，以及摇曳在夏日浓荫里的那一片已经变得模糊的风景。

更不说是传统的铜版纸，还是时尚的烤烟纸。

仅仅两个页码，像太阳和月亮，左脸和右脸，像你和我。

翻过去，是 P2。翻过来，是 P1。如一对同床异梦的夫妻。

但须承受同样的恩爱和情仇，但须承受彼此的亲密与背叛。

各自恪守着并不柔软的日子，即使在转辗难眠的子夜，也绝不会强扭过身子，探对方一个究竟。

一辈子，难见另一半的真身，即便化作灰烬，也不识庐山真面目。

英雄遭遇重创

英雄倒地，血流殷地，没有溅起满天霞光，或者勺子样的北斗。

英雄额上，也没有包公般的月亮，只有蜂窝般的伤口在流血。

流血的弹孔里，引来各式各样的牛虻。

那些端着长枪长矛的牛虻，在英雄身上寻找新鲜的伤口——

老牛虻，新牛虻，徐娘半老的牛虻，嘤嘤嗡嗡；

大牛虻，小牛虻，半洋不土的牛虻，亮翅低吟；

这些群交杂生、面目可憎的牛虻，在英雄不再起伏的胸口，争风吃醋，纵情交媾；

那些曾在英雄粗重的鼻息里折断过脊梁的牛虻，在血腥中跳跃着，卷土重来。它们迷醉于英雄身上大大小小的伤口，倾情吮吸着，竭力噬咬着。

仿佛英雄是被它撂倒的，仿佛英雄是为它蝉翼般的石榴裙窒息而死的。

曾经的太阳，被黑夜草草地抬走……

与你无关

　　羊毛果然出在猪身上。

　　家里那只看门狗，狐死兔烹般，席地而亡。

　　狗一死，后院棚屋那群平日里十分温顺的羔羊，纷纷跃出或高或低的木栅栏，去认梅花鹿为干爹。

　　直至，把梅花鹿喊成自己最老的祖宗。

　　我消灭了你，与你无关！

在大地的宣纸上

在土地一样的天空飞，

在天空一样的地上飞，

在山峦、树林和溪水的吟哦中飞，

在田歌菱歌和棹歌里飞。

啾喁复啾喁。简单的生活，仿佛为告诉人们：

风花雪月是苍天的一个喷嚏，银装素裹是天女的一袭孝服……

所以，这些麻雀鸟，整天张着竹叶般轻盈的翅膀，在天地间寻寻觅觅。兴奋时，稍稍拉紧生命的引擎，好让削瘦的肩膀，承载起微薄的欲望。

其实，它们一刻不停地飞翔，只为每天内心的宿命。即便志存高远，也不敢离地三尺，只让飞翔的影子，接上鲜活的地气。

在秋风里听往日回响

在《诗经》里采薇，在汉宫里画眉。行走在遍地黄花的凋零里，每一步都足下生情。

牵起秋天的衣袂坐下，在秋日里听往日回响，秋的声音几近熄灭……伤痛之后，让我们再去田野。

想象自己是从欧阳修的残卷里走失的秋声，在夕阳的羽扇纶巾里，用迷醉的目光包扎土地的伤口。

并且，拾起旧日遗失的蛹蜕，捧起宿根上彷徨的太阳，表达柔软如黄金的感念。

黄昏的到来，只是轻轻盖上了一层更深的寂寞，把易安居士的遗梦溅到绿肥红瘦的宋词上。

何不在房前屋后栽上菊花，然后着一袭玄色古装，邀上陶翁，把酒话桑麻。

月亮在远处喘息，一个失落的人空着镰刀，上面清水的印迹，已结出斑斑青铜的锈花。

最后的乔迁

最后的乔迁，轮到沉睡在祖坟里的爷爷。

准备好漆黑的夜，准备好月亮的灯，准备好儿孙们精致的哭泣，准备好大包小包的纸马和冥币。

甚至，怕爷爷孤单，还为他准备了捶背敲腿的按摩小姐，以及一栋袖珍的豪华别墅。

然而坟头吹拂的风和依偎在风里的枯黄的茅草，似乎没有准备好。

红灯笼亮起来，铜唢呐吹起来，纸马纸钱燃起来，连天上的星星也流出滢滢的泪。可儿孙们心里却干干的，空空的，像菜花蛇留在坟头的一截蛇蜕。他们半晌都没掏出半句要跟父亲说的话，似乎真的没有准备好。

只有 7 岁的孙子龙龙抢着说："爷爷，我们全住上大别墅了。今晚，我们送你到紫金公墓 88 号——我们为您买了一幢金碧辉煌的小别墅！"

第五辑

大地的声音

大地的声音

扳鱼者如是说

所谓扳鱼，就是站在长安闸上，用两根弯曲的竹子，绷成一张四方的扳罾网。然后，悄无声息地沉至河底，一会儿提起，又放下。

又一会儿，提起又放下。

像在提篮小卖，往复循环。

当放下扳罾网时，也把悬着的心放下，以迎候那在网上赶桃花汛的银鱼。

正是人间四月天，当鲜蹦活跳的鱼儿被扳罾扳上岸，扳鱼者会随手放生那些还以为被河滩搁浅的小鱼。

他说，这些鲜嫩的银鱼，当它们一旦游过长虹桥，会去圣女小德肋撒教堂听钟声的。

在桃园农庄

还在园外，那面多情张扬的黄色酒旗，开始一步步诱敌深入。

入得园来，看见有意蕴美好的天竹，有象征快乐、幸福、长寿、顺利、和平之"五福"的梅花，有寓意吉祥和荣华富贵的牡丹，有护宅与长寿之兆的椿树……它们一律飘荡着暧昧的神情。

让你甘愿沉醉在三月的怀里，透于绿萝婆娑的身姿，朦胧中你窥见了桃花，你听见了翠花，你撞见了梨花，惊落了杏花。

而桃园农庄，立马变成一座比刘姥姥进大观园还魅力无穷的人间天堂。

抗疫演练曲

我看见静寂的街道上空，骤然升起绿色的信号弹。我听见嘹亮的红色集结号，在党群先锋站突然吹响。

此刻的社区，被划成封控区、管控区和防范区；社区互交的街巷，成为一条大道，众多南来北往的乡音，成为同一种声音。

众多心悸着的心，被党旗照亮，为党徽抚慰。

这些佩戴红色袖章的志愿者，5G 导航似地搜寻形迹可疑的"杀手"。

追！围！堵！截！这些冲锋陷阵的战士左冲右突，把这个狼烟升起的片区当作寒流滚滚"腊子口"和炮声隆隆"黄洋界"……

前仆后继，他们又一次打响围剿和反围剿的拉锯战，直到把凯旋的战旗，再一次插到设在桥头堡的临时指挥部。

另一种拉网小调

突临的疫情，成了渔汛；

街道、社区，成了另一片海洋。

大鱼出水，却被恢宏的网格追捕，包括被排浪刮到空中的血腥的鱼鳞……

胸佩党徽的红马甲和着防护服的志愿者，成为渔汛里最美的赶海人。

没有《拉网小调》，他们的动作整齐划一，干净利落。

守土有责，网格走访，起早摸黑，乐此不疲，宛如黄昏的天空那些不停撒网的鸽子。

天空自有圣泉涌出

疫情波及，留家隔离一周，读书写作冥想，尽享一个后知后觉者的悠闲。

偶尔伫立窗前，极目远眺，看见绿色的鸽子们，像一支威风的仪仗队，在天空表演各种奇怪异的阵形。

它们乐此不疲，也看不出谁是下士谁是上将，没听见立正、稍息、立正、向右看齐，没看见开个小差到城堡上躲猫猫的。

竟然让我看到一场绿色的默片……它们中每一只，都是一口天空涌出圣泉。

这多少让我有点受宠若惊，竟得意地朝它们挥起手，振臂高呼："朋友辛苦啦！"

一个人在南溪江大摆宴席

一个人马放南山。

一个人跃上楠溪江畔最高的山岩，把凫浮于楠溪江江面的一个个山峦的倒影，看成一盏盏敞口、深腹、卧足，盛得下半壁江山的大酒盅。

一个人在三百里南溪江的上游、中游和下游，大摆宴席。

一个人邀上山里的神仙，水中的龙王，邀上月宫里寂寞的嫦娥和只砍柴不磨刀的吴刚，临风把酒。

一个人掏出心中的那片社稷，往笔架山一搁，对着蹀躞于雾霭中的十二峰，振臂一呼："开——宴——罗——"

一个人的盛情邀请，不疏忽有名或没名的山花，不冷漠动听或不动听的鸟鸣，不屏蔽婉约或豪放的涧溪。

一个人把山岙里每个口含露水的蚱蜢，看作是他的乡愁，把悠游于溪中的香鱼，看作是他的情人。

一个人站在高高的石桅岩上，当他迎来捋须而至的李白、苏轼、陶弘景、陆游时，听见从碇步走来的孟浩然，口中喃喃："借问同舟客，何时到永嘉。"

　　同来的，还有不速之客徐照、徐玑、翁卷和赵师秀，他们杯觥交错，吟风弄月，把窖藏千年的一杯杯老酒，泼向身后的深山幽谷，说这样才算尽永嘉的地主之谊。

　　那个叫魏颢的青年才俊，当年从汴州、鲁南追到永嘉，追了三千里，却在楠溪江畔与李白失之交臂。这回，他干脆包一条蚱蜢舟，打上"李白铁粉"的横幅，横在楠溪江的上游，那副怀才不遇的样子，让微醺的李太白起身举箸，差点把他当佐酒的菜送进嘴里，这多少让这场盛宴的操办者，略显尴尬。

　　而从永和九年匆匆赶来做永嘉太守的王羲之，干脆以堰塘为砚，以楠为墨，以远山为宣纸，把灵动如百丈瀑的祝酒辞，一挥而就，像极了一个疾速漂过三十六滩、绕过七十二湾的英雄。

　　他爱江山也爱美人，把山的雄奇或峭拔，把水的澄澈或深幽，当作是所有山水诗的药引。

　　一个人在南溪江上大摆宴席。他用美人般的温婉与时尚，用雅集了一千五百年的诗意，成就一场梦幻般的曲水流觞。

石桅岩

江面，阔且平；溪水，浅且清。

我乘一只桐油色的蚱蜢舟，从楠溪江源头缓缓驶来。

那丛衔着白鹭的浪花，突然变得柔软，让我顿生疑惑。

不禁把眼光，押向驶向远方的那艘竹筏。

莫非，这是李白《梦游天姥吟留别》中的谢公屐。

这婉转多情的楠溪江，莫非就是乐山乐水的谢公的腰带。

那幽深的龙湾潭，莫非是谢公眉批山水的砚池。

没错，江畔那耸峙的石桅岩，就是王者归来的山水诗鼻祖！

都说山水尽是广长舌，都说山色岂非清净身。那长长短短、折折叠叠的瀑布，是你的呼吸，也是你的乡愁。

而不远处的苍括山和南北雁荡山，那是上天赐予你的后花园。

茗岙梯田

像 3D 电影的一个场景。

在永嘉一个叫茗岙的地方，这些神奇的山峦，像是岁月的魔术师。

这些雾霭萦绕的山峦，从山麓到山顶，在时间的慢镜头里渐次打开自己的心房——一个个月牙形、水曲形、椭圆形、花瓣形的田畈，层层叠叠，从大山的身体里，抽拉出来。

宛如一个个月光宝盒，向世人展露它淳厚质朴的恩典……

这些在季节里无穷变幻着色彩的梯田，怎么看都会有湿漉漉、馥郁郁、甜津津的感觉，怎么看都呈现出万花筒一般妖饶的丰姿……

我宁愿把鬼斧神匠的梯田，读作岁月神奇的胎盘，读作阵痛、悲悯和忧伤，读作母亲般的仁慈！

楠溪江絮语

在楠溪江，适合做一支闲笔，搁在云蒸霞蔚的笔架山上；也适合做一条银亮的香鱼，浸淫于清澈的溪水里。

在楠溪江，适合做一只小青鸟，去深山采撷更多的鸟鸣，淘洗被尘世熏染的内心。

不可沽名学霸王，也不可学江湖里的神雕大侠，结拜成楠溪十二峰，用金刚般的威仪，占山为王，更不可鲁莽地撞入穿着时尚的猕猿家园，它们会把你认作古老的北京猿人。

在楠溪江，只要一只隐世的谢公屐，用你世俗的脚丫，穿上它，在上山的时候卸下前齿，在下山的时候卸掉后齿，并用前齿与后齿，做成一辆时光的步步车，驮着自己的灵魂回家。

那年，我撞见这样一辆残疾车

绝对不是城市的一道风景！

是一首无题、常年晃荡在小区的诗。它示众了它的所有——除了收来的芜杂的废铜烂铁，便是苟活于城市夹缝的叹息。

起句是破旧穿中山装的男人，生活默许他开着一辆残疾车，在小区度日如年地穿梭；

作为诗的外延，副驾驶座那个形容枯槁的女人，正不停摇响变了形的铃铛。

第三句诗，像只弯垂的丝瓜，一个 10 岁的脑瘫女孩被一根麻绳牵着。她旁边是诗的结句，一个小男孩趴在敞篷车栏，用断柄的玩具枪，瞄准擦肩而过的每一辆轿车，作"叭叭"状。

想起一波有"来"的微信名

在山色空蒙的早上，在床上想起一波有"来"的微信名。

我左思右想，就是想不起有谁，微信群也多是些跟我一样的平民——

是"翔林南货店"那一个叫来生圆的胖女人吧，去年丈夫遭遇飞来横祸，现在正期望爱情的"飞来峰"；

是"归去来"宾馆的女老板来补凤吧，去年老公读哈佛去了波士顿，说是因为疫情不再准备回来，只期盼人生的第二个缘分；

第三个是"东来顺"汤圆店的裘红来，我是这店的常客，人还没到，他就端上一缸柠檬洗手液，怕我玷污他的金字招牌；

要么是"花嫁喜铺"的郝云来吧，她上个月刚游历过佛顶山，还说净空大师剃度过她的心。

爱的变声期

尝过爱之花蜜的人，肯定能感觉到爱的变声期的来临。

说来就来了，或者尚未说出，它就如仙人般出现在你面前。

叫你猝不及防，叫你束手无策！

叫你放下一切曾经苦苦构筑的自以为最潇洒的姿势，成为一个没有思想的思想者。

大度是最好的药剂，就像理解那阵迟来的潮红一样，极谨慎地面对一次人生不可多得的契机，那样陷阱也会变花丛，天晴得比五月更多情。

那只美丽的仙狐，就在那一刻，跟你眨一眨眼，然后绕过那棵山楂树，一溜烟遁向原野。

不必怨天尤人，也不必杞人忧天，打开心灵之窗，让阳光的血潮再一次占领你的灵魂。

你会明白，爱是蓝天，爱是水晶；当那颗鲜润的蓝莓最终以核的形式裸露时，你会突然醒悟，那是兀突在爱的变声期里最男人的喉结。

品尝过爱之花蜜的人，才会听见爱的变声期里花朵绽放的声音。那时，你就成为世上最幸福的一棵山楂树。

爱屋及乌

　　我相信了，养蜂人这间泛着绿意的阳光屋，是江南民俗里走来的经典民居；

　　简朴的民居，闪出一位皮肤白皙、泛着莹莹的光泽的姑娘。

　　是在春光的潮汛里，被三月揭去红盖头的！

　　现在，她是头插花翎的女王，漫天翔舞的蜂儿，用阳光的金币为她加冕。

　　铺天盖地、延绵不绝的油菜花，映亮她曾经青春年少的羞涩，曾经潮湿暧昧的午夜。

　　当沙尘暴和三月雪的利剑砍断她爱情的翅膀，当肆虐的白毛风驱散落荒的蜂蝶，她那痛风般彻骨的梦境，一下子，被一间阳光小屋照亮。

　　从黑油毡到黄瓦楞，从铁皮棚到阳光屋，太阳的镁光灯，让她完成了一次化蝶般的美丽嬗变！

　　夜未央的故事，在阳光屋上演，道具是：电池板、多晶硅、手机、微信、电视、电脑和微波炉……

　　养蜂人拍拍身上的花粉，说："现在的阳光屋，是春天的心脏，蜂儿是生活的电流。"

她更像独占鳌头的工蜂，在光电的花汛里，欢畅自由地遨游。

一个养蜂人不可逆转的痴心，就是把所有的花儿，当成一间阳光屋来爱；

就是把一间阳光屋，当作映亮她美好夜晚的月亮般的情人来爱！

鞭炮的情节

用春天和春水，星辰和云彩，阳光和雨露；

用最初遇见的人，最早撞见的花朵；

用村庄最简朴的风物，构建一个长翅膀的情节。

直到天空弥漫秋霜，彻骨的风雪，直到一代人匆匆走过，像腊月示众的红烛，用摇曳不定的烛光，埋去一茬又一茬人；

而下一茬，在尘土上挣扎着生息。不必知道，头顶何方神灵，也不必知道膝盖下的尘土，够不够土豆爆芽，除了掩埋日子，我们何曾动过一层土？即便是满地红纸屑，也是村庄的华表，已然长出一簇簇根雕般的铁锚。

车过仁庄小学

车过仁庄小学遗址，记忆深处石斑鱼一样的梦的拓片，一一醒来。

摇下车窗，我看见，一只灰头土脸的母鸭，正引领一群呀呀学语的小鸭儿，在我友好的喇叭声里，朝冬日结着薄冰的小河，逐水而去。

我一眼认出，那只歪歪扭扭、左盼右顾的丑小鸭，就是我。

春节的印模

新生儿一样的年糕，新月儿一样的年糕，新嫁娘一样的年糕，和田玉一样的年糕，全出自廊下那口典藏的石臼；

我的姆妈，绾起红色的裤腿，在绛色陶缸，踏着过冬的腌菜；

我的阿爹，挥舞粗壮的胳膊，在柔软的烛光里，吭唷吭唷，揉起热气蒸腾的年糕。

地头新摘来的白菜，在阿妈脚下咯吱咯吱地吟唱；

新蒸的白米，在阿爸手里，变成一尾尾鲳鱼样的年糕。

石臼是岁月的印模，

年糕是春节的典藏。

大地的声音

它是豆荚的横笛里，最早被阳光吹响的那一个不安分的音符。

"砰"，一颗滚圆滚圆的豆粒，在午后的阳光下，音符般向着自己的未来，射出一个好看的弧度。

然，这第一个豆荚发声，是极其唐突和艰难的。连最善于吟唱的、唧唧复唧唧的纺织娘，也暗哑了它们的吟唱。

不错，这"砰"地一声，粗糙而硬朗，仓促而突然，这有点像走了火而射向天际的枪膛发出的那个声音。

或许，它长在豆棵一个显山露水的上端，又在主干上；或许，它过早享受了水分、花粉和阳光，便率先朝世人倾吐自己的情怀。

它确实是酝酿了整整一个春天、蛰伏了整整一个夏天，而提前被太阳唤醒，并开口说话的那个孩子。

它是无意中，或者说是不自觉中，被失宠的那一个孩子！

当然，除了臣服于大自然的冥示，它无意于谁的恩宠。

电的畅想

电的每一次相爱，都开出色彩斑斓的花朵。

且都需要地线，需要脐带般的母爱，尤其是更高的三相高压电，其中之一，必是壮实的母爱。

朴素而严厉的母爱，是电开花结果的纽带；

不管是天南还是海北，戈壁沙滩还是平原绿洲，只要有电的地方，都能收获爱情五颜六色之花果。

当电被庞大的发电机隆隆地输至远方，注定会有一场属于电的盛大的典礼盛开在架线工心头！

或许，因为长途跋涉之缘故，电像爱情的潮汐，有时也会进入低谷，像一场蜜月遭遇了折腾的疲惫，然而顷刻间，月老般的变压器，又使它们春心如潮。

有电的地方，就会说诞生夸父的桃林。

每秒钟都在忙碌而从不倦怠，那才叫潇洒！

我说电，你这世上最神秘而隐形的情人，始终恪守爱的箴言，那移山填海工程中振聋发聩的吼声、那激光医疗中妙手回春的创举……哪一个离得了你赋予的澎湃的爱恋。

　　最初时刻，你以积攒内心的情怀，化作火蛇，横空出世般灵动于天际，那才是世间大写的潇洒，大写的博爱！

　　而那些纪律松懈而被锈蚀、被氧化的机关，有时会被电毫不留情地击断。一如在事故的狼烟燃起，电会通过熔断丝的警戒，将自己拦腰掐断而在所不惜，而绝不手软！

　　——那才是电令人肃然起敬的缘由呢！

对仁庄一座草屋的回望

　　父亲名土，母亲叫花。我青葱的小名，有草的象形，有新鲜好闻的泥腥味。

　　我成长的骨骼，鳖黑的肌肤，咸腥的血液，甚至，生命里每个歪歪扭扭的脚印，都散发出浓烈的泥腥味。

　　可车过仁庄，我看见：一座秋风里瑟瑟发抖几近坍塌的茅屋，像一条搁浅在河岸的破木船，在江南民居的典藏里，奄奄一息。

　　我终于看清了，草民的草，被原野哄着闹着爱着宠着的草，一旦入了一双法眼，被细密遴选和精心编织，被宠爱有加地送上捆绑着大红喜字的人字架，它山村野夫的身份，像青葱的泥腥，会在日月反复的炙烤里，蒸发殆尽！

对一片日历的怀念

一片日历使一次血潮充满悲壮，在七月青铜的阳光下，一片红色的日历，使锤头与镰刀的爱情，开满意志的花朵，使一场分娩，生动在黎明的晨曦里。

其实太阳绝不是心血来潮，说诞生就诞生，最初的时候，这金属的声音如一只号角，捅开夜沉重的炉膛——真理和苦难涅槃其中，渐渐扩展为天际的灿烂，难怪以后的事大多充满火药味，指向简单又集中。

而在进入一条红船吃水很深的遐想前，那些行星般令人瞩望的先人，早已将头颅别上裤腰，并将赴汤蹈火的信念，化成一尊尊闪光的磨刀石，成了锤头和镰刀最和谐的诤友。

如今，先人们大多在云端仙游，他们留下锤头镰刀，与一条红船一起，成为一种万劫不灭的精神，照耀我们，使我们的爱情通体透明。

风筝展览

那么多色彩纷呈的风筝在绿地上空翻飞，那么多风筝于街心公园集会。

那么多风筝，组成了一行行鲜亮的诗句，一个个方阵的集合，令整个公园变得年轻，变得多情。

那么多的风筝，在 5 月阳光的引领下，使天空轻盈起来。

那只叫孙大圣的风筝，驾着一片童话彩云，不安分就是不安分；

那只叫中国龙的风筝，骑上暖暖的东南风，不一样就是不一样。

蓦然觉得：整着街心公园挣脱羁绊，被那么多的风筝提升（带着脚下那块沉睡千年的土地），连同那座这个城市的市民引以骄傲的石头雕塑……

终于，街心公园成了一方在阳光下一边飞翔一边歌唱的飞毯；

终于，街心公园成了一块正向天空一寸寸接近的神奇的乐土；

这样的乐土，最先激活的，往往是一种骑士的精神！

隔墙有耳

夜深如村口的老井。

母亲，我们隔着厚厚的泥坯墙而眠。

今夜，我们母子俩各自的心思，沉浮于仁庄被霜露浸淫的夜色里。

厚厚的泥坯墙，凸现出我幼年涂鸦于墙上的小草和星星，让我的两耳变成两个超导似的遥感，感受着母亲在某个时辰里涌来的疼与痛。

妹妹曾半开玩笑地说，床边那只钟真好，说它会陪伴母亲，替母亲喘息，替母亲咳嗽，陪母亲呻吟，或者，耐心地听母亲絮叨桑麻和越来越轻的棉花……

母亲70有9了，中风、偏瘫又忧郁症的她，在越来越喘急的时光里吃力地生息着。

母亲说："老家怕是越来越陌生了，屋后那排高大的冷杉树，像你的父亲说走就走啦！屋西那片高坡被挖泥机盗走啦！门前的良田被鳄鱼吞掉啦！"

我们哄她，这些不值钱的东西，全换你认不得的美钞啦！母亲说"呸"。说呸字时，吐出了隔夜吃的桂花汤圆。

　　而此刻，母亲的咳嗽高过子夜，借窗口霜薄的月晕，我发现身旁的泥坯墙上，居然有我童年大拇指的印模，她多么像母亲深深浅浅的咳嗽……

姑妈的耶稣

11 个手指的姑妈，比常人多了一个大拇指的姑妈，一定是耶稣的遣使；

11 个手指的姑妈，比教堂的十字矮，比教堂前的冷杉高。

扫盲班出来就能通读《圣经》的姑妈，能把颂歌唱到极致，连基督乐队的牧师，也常把姑妈第 11 根手指，看作是日本著名指挥家小泽征尔的灵性的指挥棒。

这个神的牧羊人，让那些鲜活羊群组成的白云，涵盖整座庄严的教堂。

我在姑妈的体内读到蛇、男人的肋骨和耶路撒冷的火炬。而姑妈的眼睛，也能使羊皮纸上的经文燃起大火。

在赞美诗燃起的火的光焰里，一个基督可以克隆无数个幸福而痛苦的姑妈。

皈 依

它弹拨大山里灵动的小溪，可转瞬，头顶乱云飞渡，脚下曲曲弯弯的山道，迷蒙，复迷蒙；

它月亮的身子，它弯垂的乳房，它赤裸的脚踝，融入撒满玫瑰的温泉，可是，当它从池水中起身，白皙的皮肤长出绿色的苔藓和蓝色的刺青；

它皈依金色的太阳，可闪亮金色即刻变成红色，幻成紫色，且向越来越浓的黑夜滑去；

它迎娶良家女，用十个月的爱情悉心呵护，最后送到怀里的，竟然是张牙舞爪的鬼胎；

它在黄昏找寻消失的蝴蝶，它在细雨中呼唤远逝的青春，它在喁喁独语中让心灵蜕变成一只虚空的鸟巢；

它在冰冷的季节里，拣拾曾经遗失的心脉；它在坚硬的岩页里，钻取喑哑于黎明的电火。

最后，它选择欺世盗名的闪电——骤然间，天空涨满星团样的灵魂。

河水总在回忆

春天的河水总在回忆，什么东西都令它激动不已！

像一生都在练习放弃佛陀，笑容与哭泣，人脸和鬼脸，青春与皱纹……一一出现，或一一消失；

无缘无故梦见它和逼近它；无心无肺咒骂它和背弃它。

曾经的霓虹与桨影，水狐与河埠，或者落水的美女，以及去河里寻找新月决计不再回来的男人，所有这些，都令它颤抖不已。

却始终，乐意做岁月低洼处那个忠诚的线人，死死按压住心底，那一场场来历不明的泉涌。

捡废铁的老汉

黄昏。夕阳。炮台。

一个身着破旧制服的捡废铁的老汉，突然对乾隆年间的那个炮台垂涎三尺。

钢铁价格直线飚升，远胜于炮管的仰角。这让这个衣衫褴褛的老汉，动了凡心。

老汉摆开架势，左右开弓，气沉丹田，试图用腕力扳下那个漆黑的炮管，哪怕一截。

护着炮台基座的那些茅草，在寒风中飒飒私语，仿佛在嘲笑老汉的愚昧与无知。

老汉忿忿然，叹了口气，撸起袖管，将一双手臂探入大海般幽深的炮膛。老汉脸色一阵铁青，像是探到清朝年间的那一记炮声。

许久，老汉从炮管猛地抽回手臂，竟然发现，手腕上缠绕着一个灰白色的蛇蜕。

绝版的村庄

蛙声不在，春天在；牛羊不在，水草在。

乡亲不在，孤坟在。

春风浩荡，吹起一只只空洞的旧塑料袋。

灰蒙蒙的天空下，干瘪的村庄，无奈地举着一棵早已死亡的苦楝树。

像一座无主的坟墓，戳出一根根白森森的骨头。

铜锈的河塘，鱼儿的眼睛灰白。

谁说，故乡温暖似春？

谁又说，乡情像一壶永远不愿醒来的陈年老酒？

背井离乡的人空着两眼。

他在柔软的内心营造一座潮湿的柴灶和一缕青色的炊烟。

渴望彼岸

不可思议的距离，无可限量的距离，有时就在于你潇洒的一个睥睨间；

许多事情是因为彼岸开始的，游泳、架桥、等待，或者思念什么的……

一群鸭子拨动着流水，悄悄抵达彼岸；

一群鸽子凭借起空气，悄悄抵达彼岸。

抵达彼岸，最好的方式是击水而去。要是冬天，那就脱掉厚重的外壳，来一场果敢的冬泳！

没错，彼岸是一种岸，也是一种风景，然而诱惑和勇气，是渡者的另一种岸和另一种风景。

彼岸有迷一样的爷爷级的老扶桑树，有高高扬在天际的青春的旗语。当你怯怯的目光接上彼岸时，彼岸就灯塔一般亮在你心的版图上。

甩掉麻雀的唧唧私语，砍掉前面挡路的荆棘，脱掉身上臃肿的外套，将年轻或并不年轻的身子，前倾着朝向彼岸……

彼岸，是你人生华丽转身后的另一片风景！

梨 花

进得梨园，我豁然明白，这些老幼不分的梨树，多像迟暮的青年，它们忘情于自己殉道者的身份。

它们把藏匿于内心的爱，旁若无人地泼撒在果园的路旁，向路人昭示季节的轮回。

那时，这片梨园，犹如白云似的绵羊，只要一睁眼，便能接住远处牧师弥撒般的暗语：至善至柔，为春天一一布道，却最终被一道道惊悚的目光灼伤。

故它们几近萎靡，神情低落，几近凋零，却无意间优美地抚慰着我们内心里，那些活着的亡者。

撒野的风筝

风筝在屋后的麦地里撒野，闻到爆竹的硝烟味，却越发的野了。

一缕酒香的鱼肉味，一缕桂香的兔肉味，一缕温馨的炊烟味，在村庄的转角处合谋。

夕阳西下，它们要劝风筝快快回家。

风筝接住了身后那排欧式公寓的窗户里，13岁的二姐从初中教科书里猛地抬起眺望。甚至，它还闻到不远处"和谐号"高铁银蛇样高贵的喘息。

那只壮硕的花狸猫，捧着一根狗骨头，在它身后喵喵叫着。风筝骂它吃饱了撑着，无聊！

风筝只想念头上的蓝天和脚下的麦苗。可风筝怎么也不明白——那块适宜于滚铁箍、砸洋片、踢皇和骑单车的水泥晒场，大红的推土机把它当成了作业本，狠狠地揉成了一团。

莫非，推土机也在上小学低年级，也不想在节假日写没完没了的作业。

树包塔

一定是一只顽皮的鸟儿，在空中一撒野，将榕树的一粒种子，撒落在一座古老的石塔上。

过后，一个美丽的舛误，长在了葫芦形的石塔之上。

石塔不曾想到，数百年后，多情的榕树，竟然用千手观音似的柔指，紧扣它清凉而粗砺的身体，并将栖满鸟语花香的情愫，由内而外地传至它坚硬的内心。

石塔自然知晓：以攀援的形式抵达爱情的某种境界，恰恰是对爱的讽刺和亵渎。

故石塔不为榕树献出的柔情所动，虽然挺拔、伟岸、壮硕的身躯被榕树的柔手指缠满，但它依然相信，自己终究是属于大地的。它死死恪守着，大地最初和最后的黄金的诺言。

但石塔终究是石塔，自诞生那一刻起，就呈现一种松树的高洁和独立的精神。

桃花算术

请佩上红色的桃符，在桃林深处，学做桃花加法。

记住这样一个简单的法则：一朵，是桃花扇。二朵，是桃花运。三朵，四朵，嗨，可别这么数。要摘一枝青青的柳鞭，跑马溜溜地数，要用燕子黄嫩的呢喃数，用蜜蜂甜蜜的翅膀数，用蝴蝶细微的尖叫数；用你前世和今生，用你的全部的热爱和怜悯数。

你要把一瓣桃花，数成一个个心跳，你要把一树桃花数成一个春天。

这样数着的时候，你就能逃过桃花劫。

这样数着的时候，你就逃得过桃花所有红色的劫数。

万物的样子

我承认，万物不是这样子的：人和事，太阳和月亮，赤橙黄绿青蓝紫，生活的美好与苦难，过去和未来，不是现在这样子。

所以必须一而再、再而再地抵达，必须固执而多维地朝向它，让文字在抵达中呈现。

而仿佛是不可能的。因为，抵达只是个虚拟的过程，是个永远的进程，所以文字永远在抵达的路上。

我承认，有一种境界，通过言辞，打着神谕之光，不停地逼近事物的本真。我承认，我与他们或者更多的人，走着不同的岔道。

我的文字有太多的缺陷，越来越漫不经心，随意而零碎，像上帝放牧的羔羊，有时候会漫游进生活的死胡同，甚至，会突然脱离我，去到一个被风吹高的陌生的草原。我渴望有另一阵风，能把它扶住，给它一个飞向云端的指向。

是这样的，我以为，那个指向里，一定色彩丰富，姿态万千，一定是无知也是先知的。

我一直都在努力，将自己的生命和灵魂融入万物自然，怡情冶性，其中的体验、痛苦和快乐，进而收获的智慧和恩慈，成之于诗，正是万物的样子。

为自己鼓掌

　　为自己鼓掌，需要十足的勇气；为自己的成功或失败鼓掌，并且自己对自己道一声谢谢！

　　这个世界的掌声往往青睐明星和伟人，往往跟镁光灯和大捧的鲜花结缘，所以在你的心灵感到寂寥时，请伸出你那嫩芽般的小手，自己为自己鼓掌。

　　用小小的掌心，拍响你那一百零一次拼搏后的成功。倘若一百零一次拼搏后依然是失败，你也要毫不悭吝地憋足劲，用双手为自己奉上鲜亮的掌声！

　　倘若生活中遭到阴霾，这样的掌声，就会催开一方艳阳天；如果生命遇到绝壁，这样的掌声，就会化作一条开满花朵的坚韧之藤蔓，攀援而上，无限风光在险峰。

　　要是你在人生之路上走着走着遭遇暴风雪，这样的掌声，就会幻成七彩霓虹。

　　在自己为自己献上的掌声里，常常能见到柳暗花明，常常能找到人生的第三个支点，常常能发现大写的人字。它会让你跌倒了勇敢地站起来，抖落疼痛和乌青，抖落恶梦和幻想，去迎接最后的成功！

　　为自己鼓掌，很潇洒！也很漂亮！

我看到这样一个林子

我看到的一个林子，是四株蓬勃在春天的白桦。

我看见两对灵动的桨，或者，四把追打春光的桨，它们优美地划动在林涛的呻吟里。

哦，我看见灵动的桨影，和桨影里颤栗不息的灌木，和灌木丛下赤热的山峦。

早春薄薄的雾岚，为它们抹上一层又一层弯弯曲曲的羞涩和光晕。

我还看见，一条明亮的小溪和溪水旁啃草的一群青春的山羊。

甚至，我还看见律动着站起来的海，以及，一场堆满雪浪花的时间的海啸。

鹰窠顶

鹰窠顶无鹰窠。鹰在一个多雾的早晨，飞走了。

留下神话，留下鲜活如游鱼的神话，以及缠满神话的项链般的山路。任旅游鞋艰难地朗读，但怎么也唤不醒，那片溜进山谷的涧水。

已没有必要冥想，那鹰是怎样驮着滴血的箭伤，与云岫庵上高扬的经幡作最后的挥别。

涧水寂寞了它们的低吟，野罂粟默默生长，又默默止息。只是居然在一个雾霾笼罩的早晨，一条路，自鹰窠顶跌宕而下；一只鹰，准是驮着箭伤的那只，因为太阳热切的呼唤，嚯嚯地飞向广袤的苍穹……

灶　画

记下这题目时，我正在灶台旁煎一条从民歌里游来的红鲤鱼；我在煎一条自三月桃花汛里游来的神奇而肥嫩的红鲤鱼。

它像一个溯流而上，然后跳到灶台，照亮我们的鲜活日子的神谕。

鱼的灼亮的眼神成了音乐的灶眼，或者说是诗眼，红尾巴成了张贴在灶墙上的元宝样的吉祥。

还有被岁月摇响铃铛的红楹联！

还有五谷之神和灶王爷爷黄色的神像呢！

所有这些，都使一座古典而时尚的灶台，变得像敦煌莫高窟般金碧辉煌起来。

鱼儿离开水才能表演它十八般武艺，而所谓的龙门，就镇在水之上那座玩具样的塔楼。

我是说，在一条红鲤鱼的暗示里觅到了曾经高不可攀的龙门！

是的，当那群咕咕叫着的家鸽在屋檐迷路时，是一条从民歌里游来的红鲤鱼，在点亮一座灶台的同时，也点亮了我瞬间迷蒙的双眼。

宗教与图腾

这一盏黄色的迷醉，总让羔羊长出狼的图腾，唤来无形之风，唤来神话和传说——抗衡的时候，像一对潜生微笑的观音。

架吵了又吵，在黄土地上，最凶那次放纵，是将宗教之球，狠狠射进积满珠网的年代，最后泡沫般吸附于断裂之华表。

透过玻璃图案，慈善的，仅是半截略显昂起的龙尾，却不容半丝透明的爱抚。

醉酒年代，喜欢让舌头锉钝牙齿……

这种游戏延续至今，像时尚的《英雄联盟》游戏，又像不断上升的褐色的毂辘，滚过一个又一个太极，却吊不起半块词牌。

走出呵护

呵护是一顶华盖般的魔伞，对于尚未抵达青春岸的童心来说，它绚丽的色彩和迷人的风姿，定然会使你感到无限的温馨和陶醉；

当你娇嫩的裸足涉过了青春河，迈向青青河边草坪时，呵护这顶神奇的伞，它会变幻成一朵令人窒息的积雨云，它会让你放飞的风筝一落千丈地跌进湿湿的哀怨，它会使你新采撷的玫瑰枯萎于一时的迷惘……

它使你总走不出铅灰的阴霾，

它使你总摆不脱自己的影子。

即使你跌倒了，怎么也爬不起来——于是走出呵护，就等于走出有形的藩篱和无形的棚栏。

在呵护之伞下呆久了，身上就会缺钙。连蜂蝶也不愿青睐伞下那片沉闷的阴影。因此，走出呵护，需有壮士断腕的决心。

离伞不远处，有野花，也有荆棘。有坎坷，也有峭壁。有成功的欢乐，也有失败的困惑。

要是你走着走着，看不到这呵护之伞的影子了，那么你一定走成了一位健壮的英俊少年，并且已经走出了青春最靓丽的风景线！

最后的黑砖窑

黑砖窑像年迈的老人脸上一颗突兀的痣。

半个身子没入地下的黑砖窑，用粗壮的烟囱，昭示曾经阳刚的故事。

这个浸在时光里的砖窑，储口粮，蓄爱情，招婆娘，产牛奶……

逼仄的窑堂，藏掖窑工淘金的梦，他们常喜欢在饭后茶余相互戏谑：男人是砖，女人是瓦。

或者，男人是乌龟，黑色的乌龟，永远洗不干净的乌龟！摔不伤砸不烂的乌龟！

而老砖窑，像男人壮硕的生殖器，日复一日地孕育了村庄蔚为壮观的景象。

"那副窑堂，是听话的婆娘"，每每收工时，爱意淫的窑工，鱼贯似地进入泛着一层油污的澡堂。他们在见真正的婆娘前，必须预习好功课。在池水冷却以前，先把乌亮的身体搓得发热沸烫。

终于，爆炸声将窑顶的苦楝送上了天，躲窑壁里取暖的那些真正的乌龟，突然间大白于天下。

于是，这些被称作窑乌龟的窑工们，默默地背起被褥，在冬日黄昏里渐行渐远，不时用酸楚的眼睛回望那堆散发红晕的黑色废墟。

那一刻，他们听到了上帝的耳语：为这场阉割，他只动了上嘴唇。

最美的人

　　我的美人，古陶配不上她，古玉配不上她。金银与水晶、钻石和丝绸，也远远配不上她。

　　她无姓氏，穿草叶的衣衫，穿太阳的芒鞋，在冬天荒蛮的牧场，追逐渐次零乱的雪线。夜晚，她兀自躺倒在草甸的温情和辽阔里，裸露月亮般洁白的胸脯，给星星喂香甜的乳汁。

　　夜未央。四周，密集的狼绿向她一步步逼近，却倾刻间，被抽去火焰般变得含情脉脉。

　　她是露珠的心脏，圣洁的源泉，是情人的孤岛，有着波斯猫的恬静，更有逼退虎豹的情欲。我的美人，她撕去人世间一切有形无形的伪装和束缚，让善良和博爱，从柔软的内心汩汩流出。

　　她如兰的气息，催开人间所有的雪莲花。只有英雄眼里涨潮的云翳，才配得上她奢侈的美。

后　记

　　痴情于散文诗阅读与写作已 20 多年了，为何痴情，想起来，在于一个字：缘。

　　这缘，在于我大学一毕业就遇到中国散文诗上升较快的一个时期，即 20 世纪 80 年代末至 90 年代初。那时，正在尝试散文诗创作的我有幸加入那时刚问世的中国散文诗学会与中外散文诗研究会，并在 1992 年 12 月出版了第一本散文诗集《初夏的感觉》（哈尔滨出版社）。那本小册子定价 0.98 元，新华书店发行。现在细读，非常惭愧，脸红到脖根。

　　那个年代，柯蓝先生创办了具有普及意义的全国性的两家散文诗报：《散文诗报》与《中国散文诗报》。尽管这两家报纸（一家是试刊）只维持了几年，但仍似后来创刊的、蓬勃到现在的《散文诗》和《散文诗世界》，助推了中国散文诗的向前发展。

　　散文诗在 20 世纪，中国先是有了 1918 年《新青年》5 月号上刘半农翻译印度诗人拉坦德维的《我行雪中》，后是有了鲁迅的《野草》。在《我行雪中》末尾，附了一则导言，导言是美国记者写的，有句话是"结撰精密的散文诗"。这大概算是中国大陆最早在市面上出现的散文诗字样。

当然，从更大的范畴和意义上讲，散文诗起源于法国。文学评论家田景丰先生曾在《中国当代散文诗发展概略》明确指出："散文诗起源于法国。"他还说，"法国的第一个散文诗作家是阿洛修斯贝特朗，于1841年病逝于巴黎。"法国是世界上最具浪漫的一个国度之一，我想，作为在那里诞生的散文诗的新生儿，或许还有俏皮、幽默、浪漫的一些元素吧！

从历史上来考察，中国的"汉赋"应该是我国最早的散文诗的母体，因为"汉赋"具备散文诗的一些重要元素。而我们今天所说的散文诗，真正意义上说，它来自新文化运动前的词、赋、散曲或小令相似白话文体。

对散文诗，究竟是一种什么样的文体呢？有人说，散文诗是文学的轻骑兵；又有人说，散文诗是散文与诗的美丽的混血儿；还有人说，散文诗并蓄兼收散文与诗的长处。甚至，有人还说，散文诗一半是诗，另一半是散文，是浓缩了的散文加诗的内核。

我不想去否定那些为捍卫散文诗的尊严，千方百计去界定诗与散文诗边界的前辈，他们为此付出的心血值得我们尊重。

研究散文诗的理论，我以为，首要的任务，是从以往的散文诗理论中，深入浅出。

但我要说，散文诗既不是诗也不是散文，甚至也不是浓缩的散文加上诗的内核。

我以为，散文诗应该是诗的一种，所有的诗应该归结于散文诗。而不是散文诗归于诗。

但愿，这不是我对散文诗的妄语！

谈论散文诗，应该要抛弃过去我们曾谙熟的各式各样的散文诗的形态的认知。包括那些收入教材的被作为范本的所谓"经典"的散文诗。

我想，把顾城的代表作《一代人》归属为散文诗，不会有人提出异议。

由于痴情于散文诗，我曾读过不少国内外散文诗名家的大量作品。

美国有一位散文诗人叫拉塞尔·埃德森，他的散文诗作驰名于当今美国诗坛。当我读到他那极具先锋精神的寓言式散文诗时，感觉眼睛一亮，给人以启迪。

请读他的《新父亲》——

年轻的女人换穿上她父亲的衣服，对她的母亲说，我是你的新任丈夫。

母亲责骂道，你就等着你父亲回来吧。

他已在家了，年轻的女人说。

母亲说，不要这样对你父亲，他一生很辛苦。

年轻的女人说，我知道，他需要休息一下。

那位父亲到家了，他穿着女儿的衣服。当他跨进家门，就喊道，嗨，嗨，妈妈爸爸，我回来啦……

我觉得散文诗，应该是这个样子。我崇尚和推崇这样的散文诗作品，那就是散文诗是散文诗人日常生活中一种独特的别样的发现。

我以为，散文诗人的这种发现，逼近了散文诗的本质和内核。

不容置疑，这是我近些年散文诗创作的一个追求。

这样的散文诗，喜闻乐见，老少皆宜，鲜活又时尚，具有很强的生命力。

或许，这是中国散文诗在探索中突出重围的必由之路。